ゲーテのコトバ

明川哲也

ゲーテビジネス新書
004

幻冬舎

太陽の言葉　月の言葉

星が巡り、地平に沈むように、詩人は言葉を隠す。

豊かな行間にこそイメージは広がると詩人は知っている。繰り返し読みたくなる詩や物語には、必ずこの見えない肥沃さがある。創作をわきまえた人から紡ぎ出された文字は、よって私たちを規定しない。縛りつけない。むしろ自由な想像力の翼を与えてくれる。

ゲーテの放った言葉が、没後二世紀近くを経た今も人々に読まれる理由はおそらくそこにある。彼は格言や箴言《しんげん》を書くつもりなどなかった。詩人としての一行と、隠された言葉の宇宙を世に放っただけだ。人々は宝石箱を開けるようにして、選ばれた一行を掌にのせた。そして様々な角度からそれを眺め、書かれなかった言葉、隠された言葉を補おうとした。創作する生涯を貫いた者として、ゲーテが私たちに手を差し伸べているのはその部分だ。それぞれの空への自由な飛翔。

文豪としてゲーテは、この先千年も二千年も語られる一人であろう。彼の言葉は太陽のように道を照らし、月のように名無き者を慰める。だが、それは決して高いところから射し込む光ではない。彼は人を越えようとはしなかった。人としてできる限りのことをやろうとし、たくさんの懊悩《おうのう》を抱えた。

向いていないと自覚していた法律家の道を歩むも挫折。詩人として名声を得たものの、ワイマール公国に役人として招聘《しょうへい》され、生涯の大半を公務に捧げることになる。度重なる恋愛。失恋。底なしの不倫愛。そこから逃避するように、突然のイタリア行。

生きたからこそのゲーテの苦《にが》みが、隠された言葉とともに浮上してくることがある。私たちはそこからまた、自身の人生について思いを馳せる。ゲーテの言葉をきっかけに、私たちの半球に浮かぶ星々をイメージする。

幻冬舎の月刊雑誌『ゲーテ』の巻頭で、彼の言葉を紹介させていただく機会を得てもう五年になる。この本はその集成なのだが、ゲーテについて語っている頁よりも、その言葉から触発される形で自分の思うところを綴った頁の方が圧倒的に多い。その分、読者の皆さんにとって、受け入れ難いメッセージが含まれている可能性もある。だが、できればそれはお許し願いたい。夜明けの星のように言葉を隠すゲーテが、君の太陽と月も空に掲げよと囁いてくれているからだ。

私たちの国は、今問題が山積みだ。それぞれの生き方が問われている。強いとは言えない人間だからこそ、私はゲーテが放った言葉に繰り返し触れ、自らの空をイメージしてきた。読者のみなさんにとっても、この本のなかからひとつかふたつ、寄り添うことのできる言葉を発見していただければ、それはまた新たな太陽と月の出現なのだ。きっとなんらかの力に昇華していくものだと私は信じている。

ここに挙げたゲーテの言葉は、『ゲーテとの対話』（岩波文庫全三巻／山下肇訳）、『イタリア紀行』（岩波文庫全三巻／相良守峯訳）、『ゲーテ格言集』（新潮文庫／高橋健二編訳）を参考にさせていただいた。関係者のみなさんに、お礼を申し上げたい。

明川哲也

ゲーテのコトバ――目次

太陽の言葉　月の言葉　2

第1章　世界とは、実はあなたなのだ

第4章 未知という御馳走を食べているか

第5章 作っては壊す、作っては壊す

第6章　悠々として急げ

第7章　千年を生きる

第1章

世界とは、実はあなたなのだ

一つ所に執着するな。
元気よく思いきって、元気よく出でよ！
頭と腕に快活な力があれば、
どこに行ってもうちにいるようなもの。
太陽を楽しめば、どんな心配もなくなる。
この世の中で気ばらしするように
世界はこんなに広い

——『ゲーテ格言集』より

たとえばあなたは今、住宅ローンの支払いに音を上げている時かもしれない。あるいは迫りくる債務に苦しむ経営者であるかもしれない。またあなたは今、株の信用取引で大こけし、祖父の代からの家財産を手放さなければいけない瞬間かもしれない。そしてあなたは思う。世界はなんと過酷で、自分はなんとちっぽけな存在であるのかと。

だが一方で、ここに所有をあきらめた者がいるとする。早い話が私のような者で、放《ほう》蕩《とう》の挙げ句にすっからかんになり、家を失い、書いても書いても本は売れず、呑んだ夜はタクシー代が払えないがために延々二十キロを歩いて帰る、そんな男の話だ。

当然この男にも苦悩はあった。川べりの安アパートで、人生や、運気や、ものごとの価値について考える日々。目の前は土手だ。これからどう生きていこうかと思案しながら、枯れ草で覆われた冬の川辺を、まるで試練の道であるかのように、あるいは思索の道場であるかのようにひたすら歩いた。そして思った。所有などしないと。人生の半分はとうに過ぎてしまった。これからなにかを所有したとしても、そう長い間ではない。それならば、所有することのために残された時間を費やすのはあまりに惜しい。その代わり、世界に出て行こう。そして表現するのだと。

しばらくして、川に春がやってきた。南風が土手の景色を変えた。男はまた黙々と歩いた。色とりどりの花が咲き始めた土手を、今度は自分の庭として、自分の風景として。自分自身のもうひとつの姿として。

ひとつ所……所有の執着を脱した者が、逆にとてつもないものを手に入れてしまうことがある。それは世界と自分とは不可分だという感覚だ。世界と自分を区別する者は、欠乏の恐怖からやたらなにものかを手に入れたがる。だが、世界とは自分なのだという認識があれば、なにも手に入れる必要はない。初めから与えられているのだから。

嘘だと思いますか。

だけど、世界はあなたが生まれた時に生まれ、あなたが滅ぶ時に滅ぶ。あなたが生きている間、世界はあなたのもので、しかもこんなに広い。世界とは、実はあなたなのだ。

ゲーテのコトバ 2

慰めは、無意味なことばだ。
絶望し得ないものは生きてはならない

――『ゲーテ格言集』より

絶望だけは避けたいと思うのがごく普通の人情だ。しかし、喜びと哀しみは表裏一体、希望と絶望は同じものを根とするのだから、絶望から逃げて人生を歩もうとすることは、希望を遠ざけて生きることに等しい。それもまた受け入れ難い。

希望を持てば持つほど、努力をすればするほど、転がり落ちた時のショックは大きい。夢など見ない方がよかった、その方が傷つかないというのはその通りで、決して誤りではないのだが、では、夢を見ずに生きていくことが可能なのかというと、少なくとも私にはそれはできない。きっとあなたもできない。空白の日々を生きているように見える修行僧だって、解脱《げだつ》という夢がある。人はそれなしでは生きられないのだ。

人生を希望で燃やし続けたゲーテはもちろん、絶望の人でもあった。おそらくは希望の数だけ絶望している。親が強制した法律家の道を好きになれず、拒否もできず、まず学生時代が灰色。根っからの恋愛気質ゆえやたらホの字になるものの、ほぼすべて実を結ばずに終わってしまう。人妻を恋し、苦しみ、突然公務を放り出してイタリアに旅立ったことなど、若い時分だけでも、まさに「泣きながらパンを食べた者にしか本当のパンの味はわからない」（これもゲーテの言葉）と、力強さと同じだけ、自らの弱さにも目を向けている。『若きウェルテルの悩み』が当時の若者たちをとりこにしたのも、この時代に至るまで人の胸にしみ入る言葉を残せたのも、希望と等しく絶望を大切にした彼の特性による。

だが、絶望が人を育てるという言い方を単純には受け取って欲しくない。絶望はなにか生産的なもののためにあるのではなく、ただ絶望としてそこにあるだけだ、ということを私たちは認めるべきだと思う。ゲーテもおそらく、その闇をしっかり見つめた。彼の生涯を絵にたとえるなら、あらゆる具象を際立てる要素として黒や灰色が見え隠れする。それがあるからこそ全体が鮮やかに輝く。慰めによって絶望から逃げようとする人の絵は、黒い絵の具がないために輪郭を失い、あやふやな印象しか残さない。

ゲーテは絵の具の代わりに、言葉で日々を描き続けた。それは考えられる限りの人間の内面の色彩で、私やあなたのものでもある。

困った時の神だのみ、と人々は言う。
そのことを学びたいと思ったら、イタリアに行け！
外国人はきっと困ることを見つける

——『ゲーテ格言集』より

旅をしなさい。見聞を広めなさいと人は言う。旅の費用を出してくれるわけでもないのに、学校や酒場や人生の先輩方は遠い目をしながら時々そうおっしゃる。行け、行ってこいよと。大人たちの口ぐせのようであり、また至極当たり前の意見のようにも思えるが、ゲーテはこの件に関し、実に微妙な立場だ。

晩年のゲーテに寄り添った弟子のエッカーマンは、彼の言葉を逐一記録して『ゲーテとの対話』を著した。このなかでエッカーマンは、イタリア旅行に出かけるゲーテの息子と自分二人に対し、老ゲーテがこう語ったと記している。

「あとになって自分たちの境遇にそぐわないような考えを持って帰らないように用心しなければいけない。（中略）肝心なのは、克己・自制することを学ぶことだ」

人妻とドロドロの仲になり、半ばその縁を断ち切るため公務をほっぽり出し、二年もの間イタリアをさまよっていたくせに、歳をとると硬いことを言うゲーテである。

たとえばこういうことであろうか。オランダ帰りの若者が、「アムスじゃオッケーなんだよ」とおおっぴらに大麻を売りだせば、その是非はともかく、親は泣く泣く保釈金を払わなければいけないことになる。見聞は広まったが、広まった分だけややこしいことも起きる。

ゲーテが言う通り、イタリアに行けばたしかに、イタリア人以外は困ることに直面するだろう。しかしそこにもうひとつ、老ゲーテの克己に関する思惑を加えるなら、この言葉はもっと深みを増してくる。

旅に於ける最大の困難。それはどこまで行こうと逃げ切れない自分との対峙《たいじ》ではないだろうか。人妻からは逃げおおせても、自らを切り離すことはできない。異境に進めば進むほど人は自分の内側を掘り、どこに向かって通じているのかわからない深淵を覗くことになる。それは個の闇、あるいは個の可能性であるとともに、ひとつのまっとうな宇宙であり、神的なものとの対話が試される場でもある。

具象に留まらない感性は、往々にしてそこから生まれる。途方もない闇と、神の間で喘《あえ》いでいる自分。その呻吟《しんぎん》から逃げずに旅をせよとゲーテは言いたかったのかもしれない。

克己とはきっと、内側の宇宙とともに生きていくことだ。そこに至る門は、予想外のなんらかの衝撃を受けた時に、ぽんと姿を現すものである。

ゲーテのコトバ 4

形作れ！ 芸術家よ！ 語るな！
ただ一つの息吹きだにも汝の詩たれかし

――『ゲーテ格言集』より

ある画家にこんなことを言われたことがある。彼は芸大の油絵科を首席で卒業し、のちに大学院で博士号も取得した逸材だ。技術、理論ともに卓越していて、日本の絵画界を背負って立つ一人である。当然自信家だ。だからよくしゃべる。しゃべりだすと止まらない。その彼が、師匠である芸大の教授からこんなふうに叱られたと言うのだ。

「描き始めたら、ひとこともしゃべるな」

いっさいを絵に注ぎ込めということであろう。へー、なるほど、と思った。その教授は「たとえ一週間でも、ひとこともな」と続けたらしい。芸の道はそこまで過酷だ。

だが、これが厳しいかどうかは取り方、見方による。同じ姿勢が、完全なる自由を創作者に与えることもあるからだ。

私はかつて、寺山修司さんの自筆による封筒を見たことがある。学生時代の寺山さんが故郷の恩師に向けて送ったもので、そこには封筒からはみ出そうな巨大な宛名があった。その字体のユニークさも相まって、ごく普通の封筒が、一度見たら忘れられない陽気な芸術作品になっていた。

寺山修司さんは真のアーティストだ。そう私は思っている。その短歌、詩、映画、演劇など、いずれをとっても凡百を吹き飛ばす鋭利さと彼独特の世界観に満ちている。だが、それは対作品のみならず、スポットライトからはずれた場所でもいかんなく発揮されていたのだ。一分一秒のどこを切り取っても、芸術家寺山修司の生きる時間だった。

大衆的に語ることで心と時間を費やすな、というゲーテの戒めは、「しゃべるな」と叱った芸大の教授にも、封筒を作品に変えてしまった寺山さんにも通じることだ。生涯のどの時間に於いても、あなたはあなたの表現をやり抜けと語りかけている。

これはもちろん、芸術家だけに留まる言葉ではない。人はどんな職業にあっても、なにかを表現することでその道のプロになっていくのだから、意志ある者なら、ゲーテの言葉の意味はわかるはずだ。少なくとも、愚痴や恨みの酒で時を費やしてはいけない。どうせ呑むなら、やる気の酒に転じるべきだ。

人に花があるとすれば、それは大仰な額縁のなかにあるのではない。日々その瞬間を花に変えていく心のあり様にある。

いかなる祝祭を私に告げるのか。
私は祝祭を好まない。
夜な夜なの憩いは疲れた者を回復さすに充分だ。
真の人間のまことの祝祭は行為そのものだ

――『ゲーテ格言集』より

歌人の俵万智さんが、あなたは普段どうやって短歌的感性を鍛えているのか、というマスコミからの質問に対し、「短歌を作り続けることによってのみ、それを養ってきました」と男前の応じ方をされたことを覚えている。シンプルで力強い言葉だった。

傑出した人間には必ずこれがある。王道を歩んできたという実直さだ。人生の正体は時間だと見抜いているので、時を貫く幹をまず打ち立てようとする。枝葉で繋ったふりをしない。無駄な時間を作らない。世間の方から押し流してくるなんらかの娯楽に身をひたし、それで生きたつもりにはならない。

文豪と呼ばれたゲーテは、詩人であり、哲学者であり、役人であり、旅人であり、植物や鉱物や物理の学徒であり、劇場のプロデューサーであり、なおかつ恋多き男であった。まるでオモチャ箱のようにとっちらかって見える人生だ。でもそれは、私たちが枝葉の方から彼を見ているからであって、彼自身は自分の幹に忠実に生きたに過ぎない。むしろ幹として生きたからこそ、世界に対してほとばしる好奇心を断つことができなかった。枝を伸ばすことを我慢する必要はないし、遠慮もいらない。感性が命じるまま、やりたいように日々を燃焼させせただけだ。そしてそれこそが、ゲーテにとっての生きている実感であったのだろう。

肉体に疲労があるように、精神にももちろんそれはある。肉体ならばマッサージをしてもらったり、ゆっくりと休むことでエネルギーを取り戻せるかもしれないが、精神が悲鳴をあげた場合、そしてその理由が長きにわたる主体性の欠如にあった時、リフレッシュ休暇どころではどうにもならない虚無が心を覆っていることを私たちは知るのである。

そんな時に安寧《あんねい》を呼び込むのは、自らの幹をもう一度立て直すことだ。主体的に企て、意志をもって働きかけるその過程だ。これを行為と呼ぶ。そしてこの行為によってのみ、私たちは自由な精神を取り戻せる。自らの企画なら、小さな旅でもいい。誰も興味を示さない地味な町村を巡る旅であろうと、あなた自身の感性がそちらに触れたのなら、そこを歩むべきである。与えられた道ではなく、選んだ道を一歩一歩味わっていくことが、生きる実感の、裸の姿である。

ゲーテのコトバ 6

われわれの最も誠実な努力はすべて、
無意識な瞬間に成就される。
バラが太陽の輝かしさを認めたら、
どうして咲く気になるだろう?

――『ゲーテ格言集』より

かつて私はちょっと変わったバンドのボーカリストをやっていた時代があり、歌う、語る、絶叫の三種混合競技でステージに立っていた。あれは渋谷公会堂でのライブだったから、もう十五年ほど前の話になるのだが、初めてついた音響スタッフがエキセントリックな人で、音がうねって音程をとれなくなる曲がいくつもあった。私はパニックに陥ってしまった。そしてその結果、大観衆を前にひどく音のはずれた歌を歌ってしまったのだ。大はずしである。

しかも悪いことに、この時の模様がテレビで流れた。私はそれを観た。醜態以外のなにものでもない姿がそこにあった。私は折れたひまわりのようになってしまい、丸一日無言で過ごした。そしてなぜか東京を出た。

新幹線に乗り盛岡へ。酒を呑んで雪深き青森へ。こうして東北を転々としながら、今後の生き方というものを考え、深く反省し、これからはきっちり歌おう、勉強をし直そうと決意して戻ってきた。

と言えば聞こえのいい話なのだが、実はこれが失敗だった。気付けば、私はもう私ではなくなっていた。音をはずしてはいけないのは当然だが、それを恐れるあまり、周囲の音に合わせる小さな人間になってしまった。失速が待ち構えていた。天真爛漫に叫ぶことができた私は、そこで泡のごとく消え去るのである。

今振り返って、私には思うことがある。極論に過ぎるかもしれないが……人は反省などしてはいけないのだ。たかだか百年にも満たない私たちの人生である。他人を傷つけなければ、殺《あや》めなければ、あとは好きに生きていけばいいのではないか。アンケートの結果を見ながら反省会をやるバンドも知っているが、概してつまらないバンドであった。人の顔色をうかがっている段階で、純粋なる爆発は期待できないからだ。

バラは反省しない。自分と他者の比較もしない。ただ咲くだけである。私たち一人ずつが持っているなんらかの可能性も、同じようにとらえることができないだろうか。鍛錬があって初めて開く花もあれば、自ずから備わる天性の花もある。集団のなかの一人として窮屈な鉢植えに自分を押し込んでしまった時、あるいはより良く見せようとして身の丈を越える理想に縛られた時、咲き誇ろうとしていた花はそこで散ってしまう。

全体によって活気づこうと欲するなら、
全体を極小のものの中にも看取しなければならない

——『ゲーテ格言集』より

活気のある人生を送りたいのなら、毎日の食べ物が重要だ。食べ物は肉体そのものとなるので、好きだからといって朝昼晩カツ丼ばかり食べていると、鈍重な腹を抱えることになる。人は食べ物の元の姿に近付いていくのだ。考えて食べた方がいい。一皿の料理に、この身体の基礎がある。

大金はたしかに魅力的だ。だが、儲けたいからといって、貨幣が経てきたルールを破れば社会から放逐される。株、投資、金銀、先物買い、PC自動トレーディングによるFX。貨幣が貨幣を生むかのような倒錯感がしばらく続いた。そして働くことの価値観が大きく揺らいだ。しかし、貨幣が根ざすところは実に単純なものだ。大昔から、人は喜んだ時や感謝した時、救われたような時にしか金を払わない。複雑な社会でそれが見えにくくなっているが、誰かに笑顔になってもらうこと。それしかない。そこで得られた百円玉に経済のすべてがある。

長い作品を書こうとして、それを一気呵成《いっきかせい》にできると信じるのは若い日々だけだ。どんな長編小説もたった一行の積み重ねでしかない。レンガのひとつ、つまり数枚の原稿用紙を書き上げるだけで一日は過ぎていく。いつ果てるともなき連続のなかの一日。若いとは言われなくなってから、そのことの値打ちがだんだんとわかってくる。長いものを仕上げようとはしない。今日の作品のなかに生きようとする。

どれだけの美辞麗句を盛ろうが、人の心を打つひとことにはかなわない。それはきっと計算や体裁からの言葉ではなく、生きている人間の、五臓六腑から出た言葉だ。ひとつの言葉によって救われる人もいれば、ひとつの言葉によって職を追われる人もいる。

生涯とは一日ずつの集大成である。今日一日をじっくり堪能すること。これが人生を味わうということだ。過去と未来は時間ではなく、それすらもまた今日の産物である。その今日を楽しむためには、まずこの一時間を充実させることだ。そのためにはこの一分、この一秒。

世界全体が幸福にならないうちは個人の幸福はあり得ない。宮沢賢治は『農民芸術概論綱要』のなかでそう語った。逆もまた真なりで、まず私やあなたがそこそこ幸福でなければ、世界の幸福もあり得ない。

ひとつと全体。全体とひとつ。

自分の一生の終わりを初めと結びつけることのできる人は
最も幸福である

——『ゲーテ格言集』より

コンサートツアーの最終日に感極まり、涙を見せるバックミュージシャンがいる。俺はそういう奴とは仕事をしない。

と、ある有名なシンガーに言われたことがある。ツアーひとつでこの人生が終わるわけではない。北から南まで縦断すれば、今度は南から北へ向けて遡るだけだ。ひとつのツアーの終わりは、次のツアーの始まりである。いちいち涙で緩くなるな、次に続くように気を引き締めよ、というわけだ。

このシンガーと仕事をするのは大変なのだろうなと思った反面、納得もした。しかも彼のこの思いには、美意識のみならず、あらゆるものがつながっているという、仏教で言うところの縁の話も秘められていそうだ。

ツアーのできが良ければ、次のツアーはさらに観客が増えるだろう。逆の現象ももちろん起こり得る。ひとつひとつの終わりが、ひとつひとつの始まりになる。

これは、関係性というものだ。あらゆるできごとはまた別のなにものかと結びついている。単独で存在し得るものなど世の中にはない。仕事も恋も、一軒のバーを選ぶことも連綿と続く関係性のなかにある。

私たちの人生もまったく同じだよ、とゲーテは言っている。

単独で存在し得る人生は、この世にない。地表という横の並びでも、時間という縦の並びでもあらゆる人生が関係し合っている。

横ならば、たとえばこうか。一日中笑顔を振りまいている人がいれば、周囲にそれは伝《でん》播《ぱ》していくだろう。その人のまわりでもどんどん笑顔が増えていく。全体の雰囲気が良くなっていく。逆に、一日中怒っている人がいるとすれば、当然そのまわりは苛立つ。反発や離脱が相次ぎ、集団は崩壊していく。

縦ならば、たとえばこうか。

生涯をかけ、光るクラゲの秘密について、その蛍光タンパクの構造を解き明かした博士がいる。すると今度は別の学者が、彼の研究成果を使って、ガン細胞だけを光らせて追跡調査できるシステムを作りあげる。

いや、それほど立派な話でなくてもいい。私の祖父は亡くなる直前にがばっと起き上がり、「人生はユーモアだよ」と言ったらしい。私はそれを父親から教えてもらった。この言葉は、今に至るまで私を助けてきた。

より良く生きるということの意味は、人それぞれであろうが、そのそれぞれのより良い生き方が、また誰かの、より良い始まりにつながっていく。

素材はだれの前にでもころがっている。
内容を見いだすのは、それに働きかけようとする者だけだ。
形式はたいていの者にとって一つの秘密だ

——『ゲーテ格言集』より

今、このアトリエから見えるもの。向かいのビル。道路。もう何日も前から駐車場に落ちているペロペロキャンディー。シルバーのジャガー。ブティック。その看板。少し気取った字体。

これらはみな、あなた、あるいはあなたの仲間である誰かが作り出したものだ。青空と白い雲と昼寝中の猫以外は、あなたと似た顔をした誰かの手によってこの世に出現した。それはつまり、あなたかもしれない誰かの頭に浮かんだイメージが具体的に作られたということであり、そしてこの行為への絶えざる欲望こそが、あなたの属するヒトという生き物の野性なのだ。

あなたが生まれる前は、この星には空と大地と海しかなかった。あなたは生きていくために、そして生き残るために、創造力という唯一の能力を働かせ、対象物を形に変えてきた。自然から切り出し、運び、組み合わせ、作り上げてきた。たとえばナイルの王たちの巨大な墓のように。

人の手を経たものであれば、あらゆるものの生まれのシステムはピラミッドのそれと変わらない。この野性が滅ばない限り、あなたは世界中の素材に働きかけ続ける。イメージと創造こそが、これまでのあなたと、これからのあなたの存在の鍵なのだ。

では、なぜその形式が秘密に留まるのか。

あなたにとって、それが野性だからである。

獲物を狩るチータの脚の速さは、もちろんチータ自身も知っている。だが、なぜあれほどまでに俊足なのか、その理屈や理由をチータは知らない。同じことで、なぜあなたはものを作り続けるのか、後天的に得られた言語表現では、その野性の芯を説明し切れないからだ。言語以前から燃え上がっていた野性の雄叫《おたけ》び（たゆたう創造性の河）は、あなたをこの星に生み出したとてつもなく大きな力と源を同じにする。すなわち、あなたが生きている以上、この野性はビルのなかにいても失われないし、枯渇することもない。

なにかを創造すること。文化的に、などという言葉に埋もれて煮詰まることがあれば、この力が原野を抜ける風や星々のきらめきと密接に結びついていることを思い出すべきである。

あなたの胸のなかで、今この瞬間も野性の火はマグマのごとく燃えている。

第2章

人類史そのものという最強の味方

誠実に君の時間を利用せよ！
何かを理解しようと思ったら、遠くを探すな

――『ゲーテ格言集』より

たいていの人は目標という言葉を、さほど疑問も持たずに受け入れている。子供の頃から、おそらくはもう何千回、何万回とこの言葉を押しつけられてきた。君の今年の目標は？　クラスみんなの目標も決めておきましょう。ハーイ、先生。

子供ではなくなり、大人になってからも状況は変わらない。むしろ目標クンはパワーアップして私たちを押さえにかかるようだ。上司から、あるいは恋人の親から、「目標は？」と訊かれ、「ありません」と答えでもしたら、目の奥でバッサリと斬り捨てられるだろう。

大人社会に於いて、目標という言葉は正義そのものだ。目標さえ設定すれば全体を制することができ、組織も個人もまっしぐらに進めるものだとみな思っている。ある意味、これは正しい。どこに向かって歩こうとしているのか誰だって意識しておきたいし、特に集団の場合、進行方向の設定がなければ一歩も進めない。効率という概念にしても、目標までの道のりがあるから生まれる。目標がなければ、なにもかも成り立たない。

だが、誰もが当たり前だと思っていることは、しかもそれが正義や快感と結びつく場合は疑いを持った方がいい。

ある男が一年後に一億円を手にするという目標を設定したとする。彼はそれを達成するためにやみくもに働く。目標という、まだ手にしていない幸福のために、男は日々の生活など無視し、充足感があろうがなかろうが突っ走る。そして走って、走って、走り過ぎ、目標まであと少しというところで胸を押さえて倒れる。アーメン。合掌。アデュー。

彼は目標という遠くのなにかのために、人生の正体である今日という時間、それを犠牲にし続けた。

いつか勝つために今日を犠牲にしろ、などと言う人もいるが、犠牲にしていい一日などあるはずもない。たとえばこうした言葉は体育会系などでよく使われるようだが、本当のところ、アスリートが過酷な練習をもって一日を費やす時、それは犠牲にしているのではなく、反復のなかからまたひとつ新たなことを学び取っているのだ。きちんと一日を活かしている。

誠実に時間を利用するとは、今日、まさにこの時を感じて、生きていくことだ。目標はもちろん大切だが、日々ウインクを送る程度がいい。

ゲーテのコトバ 11

星のように急がず、
しかし休まず、
人はみなおのが負いめのまわりをめぐれ！

——『ゲーテ格言集』より

生きるほどにゲーテは、遠くを目指すな、大なりを語るな、近くから始めよ、小さなことから完遂せよと説くようになった。

生涯かけて『ファウスト』を仕上げた人の言葉である。大なる人だからこそ、逆にこうした言葉に説得力がある。だが、これは創作に於ける心得に留まらず、生活をする者それぞれへの言葉としても受け取れそうだ。世間を追うな、追いかけ切ることができない潮流に自分を合わせようとするな、と言っているかのように。

創作することも、生きることも、つきつめて言えば自分の問題だ。自分の心が及ぶ範囲にしかない。しかもその心は、なにかに秀でているとのぼせ上がった慢心ではなく、むしろたいていの場合、至らない自分、貧しさがしみる自分、理想との距離に嘆く自分、運命を恨む自分、つまりは痛みの方であろう。

痛みとは、極めて個人的なことだ。生活の場、もっと言ってしまえば、呼吸できる範囲にこそ痛みは宿る。自分にはスーパーモデルのような手足の長さがないからといって、その差を痛いと思う人はそういない。だが、大事に育んできた仕事が周囲に受け入れられなかったら、それは痛い。その人の生きてきた日々が否定されたに等しいからだ。

負い目はここに生じる。辛い。悔しい。でも、そこから始めるしかないのだ。その痛みを和らげるために、もう一度よく考え、挑戦し直すしかない。痛みや負い目があるからこそ、人は心の窪みに新たな土を盛り、耕し、血肉に根を張らせ、おのれの花を育てようとする。だから、負い目を感じない人がいるとすれば、これほど機会から遠い残念な人はいない。生まれ出た人が、自ら育て上げた「人」になるためには、負い目に苦しみ、直視し、それでも微笑み、食べ、飲み、歩き、手を差し伸べようとする姿勢が必要だ。その上でのひたむきな前進が、ゲーテが言うところの創作的な人生なのだろう。

亡き開高健さんもまた、「悠々として急げ」としばしば発していた。慌てるほどではないが、誰の人生もそう長くはない。よく生きたのだと最後にうなずくためには、自らの負い目をよく知ることである。そして忘れず、そこから創り出すことである。

なにもかも独学で覚えたというのは、
ほめるべきこととはいえず、
むしろ非難すべきことなのだ

——『ゲーテとの対話』より

あなたになんらかの才能の自覚があり、生涯をかけて大輪の花を咲かせたいと願うのなら、それが絵を描くことでも、文章を綴ることでも、料理を作ることでも、あるいは金儲けであったとしても、独学でやり切ろうとしてはいけない。才能があればこそ、それを開花させるためには先達に師事することが必要なのだ、とゲーテは言う。

この考えの基本は、人類史に沿ったゲーテ特有の俯瞰《ふかん》的なものの見方にある。

それはこういうことだ。およそあらゆる人間の生産的活動は、誰かがゼロから始めた小さなものではなく、永々と続く歴史のなかで受け継がれてきたものである。個々がやるべきこと、いや、やれることは、そこにスプーン一杯分の調味料を加えることに過ぎない。そしてそれはまた、個人の成長に、人類全体の熟成と発酵を取り込む試みでもある。

たとえを挙げるなら、ゲーテが愛したローマなどどうだろう。ローマは、紀元前から今に至るまで市民たちが可愛がりながら街を引き継ぎ、少しずつ新しさを加味していった歴史の具象化である。だからローマはローマになった。一方で東京は、外国人記者クラブのアンケートで常に「under construction（工事中）」と言われるほど新奇の連続だ。もちろんそれも魅力的ではあるのだが、百年後も残っている建物はどれだけあるのだろうと考えると、消費の早い芸能界のアイドルを見るかのごとく、この国の創作物の底の浅さがちらちらと覗く。

あなたが自らの才能をもって花開こうと思うのなら、当然、一発の打ち上げ花火で終わってはいけない。歴史を受け継ぎ、それをまた次の世代へ手渡す存在として自らを捉え直すのがよい。それは、個人でできることの狭さのなかに住まないことだ。どんな分野の学芸であれ、あなたが道を歩むその前には、何万もの青春、何万もの吐息があった。今を生きて創作をするのは、彼ら彼女らの思いとともに歩むことでもある。

頭《こうべ》を垂れて謙虚にものを学ぶ姿勢には、人類史そのものという最強の味方がつく。

ゲーテのコトバ 13

あまり大作は用心した方がいいね！
どんなすぐれた人たちでも、
大家の才能をもち、
この上なしの立派な努力を重ねる人たちこそ大作で苦労する

——『ゲーテとの対話』より

ものを生み出すこと。その欲望とやり方のバランスについて、老ゲーテは若き弟子にこう語った。ゲーテは続けて、自分もそれで苦労をしてきたし、そのせいでなにもかもが水泡に帰したこともあると告白している。

名声と地位を得たあとも休むことなく、生涯をかけ『ファウスト』という大構造物を仕上げた文豪にしてなお、実を結ぶことがなかった大作への衝動と未練を、若者への戒めとしながら語っているのだ。

才能がある者ほど自己を頼み、その野望を膨らませていくのは業種を問わず人の常だ。夢は大きい方がいいと私たちは大人たちから言われて育った。町内一の韋駄天《いだてん》といったところでぷっと笑われてしまうのがオチであろうが、オリンピックに出場したランナーとなれば、没後ですら名誉が伴う。自分の足は速いと自覚した子供なら、一度はオリンピックを夢見るのではないか。

ところが、その大きさゆえに、夢は徒労や絶望を運び込むことがある。いつかはオリンピックを、と願うのはもちろん悪いことではないが、オリンピックに出られなかったからといって、その人の生涯から味わいが消えるわけではない。

文芸の作法も、おそらくは同じであろう。長編や大作の金字塔、あるいは名の通った文学賞への野望は、ものを書く人間なら、誰だってどこかに宿している。自信のある者ほどそうだ。しかしそれはゲーテが語る通り、ひとつの罠なのだ。そこに迷い込んではいけない。彼の言葉を借りるなら、大きなものを仕上げようとはせず、「目の前に提供されるものを新鮮な気持ちで扱いなさい」ということになる。曰く、「現在には現在の権利があるのだ。大作になるかどうかは、現在という今この時がどれだけ積み重なるかということでしかない。規模の大小は目指すところでなく、それはあくまでも結果なのだ。

今この瞬間の色彩を受け止め、誠実に働きかけること。それは野心や欲望によって爪先立ちになり、足下を見失うよりよほど生産的なのだ。大作うんぬんの前に、まずは足下から、納得のいく創作をするのがいい。自己への具体的な戒《いまし》めとして、これは私にも有効な言葉だった。

なにも詩や芝居を作ることだけが生産的なのではないよ。
行為という生産性だってあるのだ

——『ゲーテとの対話』より

生産性と訳されているが、ここは少し変えて、クリエイティビティ（創造性）と解したい。

私たちは「ものを創る」となると、その領域と手段を思い浮かべ、物語を書くのか、映像を撮るのか、ビルを建てるのか、その作業をそれぞれの畑に持ち込もうとする。区切られ、独立してこその創作だと。しかし少し考えてみればわかることだが、誰もが直面していて、なおかつ一番大切な創作物は私たちの生きる日々なのであって、むしろスタイルやデザインやクオリティに関する概念は、毎日の生活にこそうまく向けられるべきなのだ。

そのような意味では、祈りという行為を発明した人は凄い。ノーベル賞を十回進呈しても足りないのではないか。あるいは人類そのものが、祈り、あるいは祈りの対象があるという気付きに源を持つのだとすれば、人そのものが凄いのだ。人はみな人に対し、拍手喝采を送らなければならない。

人は祈りを唱えることによって、潜在意識に方向性を与え、日々と肉体を具体化していく。それが宗教としての祈りであれ、その枠を越えた念であれ、あなたがそのように思うこと、強く強く思うことから世界の構造は変わっていく。たとえば「私はあらゆるものを吸収し、屋久杉のようにたくましい幹を持ちたいのです」と朝昼晩祈るだけで毎日はきっと変化していく。本当にそう祈るなら、あなたはそのうち屋久杉そのものを見に行くであろうし、現実にあの幹を目にすれば、感慨もまた新たになるであろう。屋久杉を育てた超自然的な力、そのなかに「許し」もあるのだという思いに至れば、皮肉や陰口でさえあなたは養分にすることができる。そして、この屋久杉信者としての密かな祈りから数年後、あなたは内外ともに、会社で一番胸板の厚い男になっているはずだ。おそらく。

我々は魂に肉体が付随した存在でしかない。では、魂とはなにかというと、ある角度で捉えればそれは言葉である。逆を言えば、言葉こそが魂なのだ。言葉なんて、と斬り捨てることは簡単だが、恐ろしいことにこれを繰り返し唱えていると、本当にその通りの、言葉なんて、という人生しか歩めなくなる。祈りが言葉をもって発せられる以上、言葉だけはないがしろにしない方がいい。

太初《はじめ》に、言葉ありき。

行為の始まりである。

ゲーテのコトバ15

問題の選びかたにこそ、
その人がどういう人物であるか、
どういう精神の持ち主であるかがあらわれる

――『ゲーテとの対話』より

問題の選び方。これは、なにを悩むかということにも通じている。悩みのない人はめったにいないが、悩みどころはそれぞれ違っている。家族のことや部内の人間関係ばかりで頭がいっぱいの人。世界の不均衡や暴力について嘆きながらも、身近な人物の悲鳴はまったく耳に入らない人。問題の選択と悩みは、まさにその人自身を表している。

となれば、逆手にとるという意味で、なにを問題とするか、なにを悩むかによって、自身の内面を新たにしていくことは可能だ。

そこでお勧めなのがちょっとした頑張り。

私の高校時代の数学教師もちんぷんかんぷんな問題を黒板に書きながら、「君たちは若干難しい問題の時にいい顔になる。きっと、伸びているのだろう」と、ご満悦であった。ふっ。それは勘違いというものだと思いますけどね。

ただ、その図式でいくなら、問題の選択と悩みのスケールを地球規模に拡大し、なおかつ生活をしている人間の声から離れないことが、より魅力的なあなたを育てる。その妙法は、外国に友人を持てということだ。インターネット上でのやり取りもいいが、たまには肉筆で手紙をくれるぐらいの大人がいい。

私にも幾人かいて、たとえばそのうちの一人は、ブルックリン在住の売れない作家だ。

高いところからかなり低いところまで互いの胸のうちを語り合える仲だが、彼はアフリカ系アメリカ人なので、あの大陸で先祖代々が経験的に抱え込んでしまった、決して消えないもやのような不定愁訴《ふていしゅうそ》にいつも苛まれている。言葉はたいていウエットであるし、希望を語る時はどこかに強《こわ》ばりを感じてしまう。それは理解できる部分もあるし、山際の日没で一瞬垣間見える木々のシルエットのように、その時を逃してしまえばもうわからなくなる吐息も含まれている。

だが、彼からの手紙には確実に、地球の裏側で懸命に生きる一人の人間の思いと、ブルックリンのさびれた街の匂いが詰まっている。

「公園からツインタワーのシルエットが見えなくなって、もう十年になる」

こうした書き出しの彼の吐露に寄り添うことにより、私の想像力もまた、マンハッタンを遠くに臨むその視線に近付こうとする。

私にはこの種の脳の使い方があるので、外面ほどには中身は老けていないはずだ。勘違いかもしれないが。

世界全体のことを問題として捉えられ、一人の人間の声も受け入れられる間、人は決して老い込まない。

趣味というものは、中級品ではなく、
最も優秀なものに接することによってのみつくられる

――『ゲーテとの対話』より

気分や時代によって火照ったり冷めたりするマイブームではなく、生涯を貫くなんらかの意識によって駆り立てられる行為、それを趣味と呼ぶなら、たしかに中級品は相手にしていられない。尊敬と憧れ、発見が続いてこそ、その原動力を維持できるのだし、それがあって初めて貴重な日々を投じることができる。

たとえばわかりやすいところで、寿司の食べ歩きを趣味にするとしよう。寿司を語る以上、値段の高い低いはともかく、これが最高級だという握りも知っておくべきだろう。大間《おおま》のマグロである必要はない。丁寧に仕事のされた初夏のコハダでいい。それをいただいた時に目を開かれ、海岸線の山の緑までが顔を出し、ああ、この一貫を生み出した日本文化とはなんと奥の深いものだろうと心底思えるなら、投じてきた時間の実りである。もちろん、いつも贅沢はできないだろうから、そこそこの寿司屋で溜飲を下げる時もあれば、たまには回転寿司に入ることもあるだろう。それだっていいのだ。この人は最高のものを知っているので、対象をマッピング（地図化）できる。いわば、寿司の森を知っているわけで、道に迷わず、余裕をもって歩くことができる。

どんなジャンルであれ、趣味を持つなら最高のものを知っておいた方がいい。金は当然かかる。釣り竿しかり、車しかり、焼き物しかり。楽器なんか趣味にしちゃうと大変なことになる。六畳一間にストラディバリウス。一点豪華主義！

お金のない私は、四十を過ぎてから世界中の詩や物語に触れることが趣味になった。このジャンルは、それがたとえノーベル文学賞受賞作家の作品であろうと、利尻のウニをひとつかふたつ握ってもらう程度の額で手に入るし、図書館も使えるので経済的には楽である。もっともこうなると、流行りのものよりは古典に近付いていく。長い時間にわたって人の鑑賞の目に耐え抜いてきたもの。それが古典だからだ。今年はこれを読まないといけませんよという、帯カバーの大袈裟な謳い文句には飽き飽きしていたのでちょうど良かった。

古典だのノーベル文学賞だの、それは権威主義ではないかですって？　いえいえ、読み込むのは人類の普遍としてある創造力です。それがまた畑となる。

ゲーテのコトバ17

意志の力で成功しないような場合には、
好機の到来を待つほかない

――『ゲーテとの対話』より

ゲーテは仕事場に気圧計を用意していた。気圧が高い時は仕事がはかどるが、低い時は集中力を欠く自分の体質をよく理解していたからだ。曰く、「精神が肉体に負けてしまわないよう」に、気圧の低い時はいちだんと努力をしたらしい。こんな姿勢で創作を続けたからこそ歴史に名を残す人物になったのであろうが、凡俗からすれば、そこまでやるかという感じは否めない。

ところがこの超人的な文豪でさえ、どうにも筆が進まない日々はあったようで、純粋に創造性が試される詩作に於いては、「無理にやってもだめなことがある」と素直に認めている。そういう時は落ち込まずに、ワインでも呑みつつ、感性の扉が開くその瞬間を待ちなさいよ、というわけだ。

ゲーテだってこうだったのだから、ぺんぺん草ひとつ生えないような荒涼とした日が私たちにあるのはいたって自然なことだ。むしろ私などからすると、そうした日々の方が圧倒的に多い。筆が進んで仕方がないですなんて日は、数年に一日もないのではないか。

ただし、自戒を込めて言うのだが、ゲーテの言う「待つ」とは、私のように酒に浸りきるような待避ではないはずだ。呻吟しようが身もだえしようが、開闢《かいびゃく》はここから先にあると信じ、そのやっかいな仕事にどっぷりと浸っていなさい。彼もよく呑んだようだが、心持ちとしてはこちらの方だろう。放り出すなよ。焦らずに取り組み続けろと。

一方でこの言葉は、できない自分を許せ、長い目で自らを見守れと、激励してくれているようにも思える。

だめな時はだめなのだ。なにごとにもバイオリズムがある。芽が出るのは春だ。葉が繁り、花が咲くのは夏だ。実りは秋。それなのに私たちはこのサイクルを見誤る時がある。冬に種を蒔いておいて、なぜ芽を出さないのだと苛ついたり、芽が出てすぐに実りを得ようと焦ってみたり。待つという姿勢は、行うということと等しく重要なのである。

それでも待てない、堪《こら》え性がないという人は、気圧計でも買いなさいとゲーテがヒントを与えてくれている。

なぜならゲーテもたぶん、それを言い訳に使ったことがあるはずだからだ。世間と、自分に対する言い訳として。

本質的なことに金を惜しむくらい無駄な金使いはない

――『ゲーテとの対話』より

ゲーテはワイマール公国にて、宰相兼宮廷劇場の総監督も務めた。管理から演目に至るまですべての責任者となったのである。ゆえに、この劇場が火事で焼け落ちた時のショックは大きかった。「三十年に及ぶわが労苦の舞台、瓦礫と土砂に埋まる」と記している。だが、そこはゲーテだ。不屈の人だ。その時すでに七十五という年齢でありながら、劇場再建に並々ならぬ意欲を見せた。前よりも素敵な劇場。前よりも優秀な俳優たち。前よりも偉大な演目でなければ意味がないと、一本気な論陣を張った。財源が足りないことを知りながら、「金のやりくりは役に立たない。毎晩大入り満員にすることを考えなければならない」と、ひるんだ節約に流れようとした議会の意見を真っ向から切り捨てた。目先の公演しかできない芝居は役者をだめにするだけだとして、ロングランに値する作品を探すためにヨーロッパ中に馬車を飛ばそうとしたのもゲーテである。この迫力。この熱意。この知性。

窮地に陥った時、運気が変わるまでじっと耐え忍ぶのはまっとうな方法だ。へたに打って出て取り返しのつかないことになった例はいくらでもある。

だが、だからといって、夢まで失う必要はない。劇場が燃えたあと、ワイマールの人々が経済的な理由で萎縮してしまったことをゲーテは責めているのではない。その流れとして劇場再建まで諦めるような気配が現われたからこそ、老ゲーテは立ち上がった。起きてしまったことではなく、これからの日々が大事なのだと語る青春の人として。また、言葉だけではなく、身をもって東奔西走し、具体的な方法を提示する人として。ゲーテの頑張りにより、運気はまたここで逆転し、ワイマール公国は新しい国立劇場を建てる方向で盛り上がっていく。

本質的なことに金を使っているかどうか。それはつまり、本質と呼べるだけの歩む道がその人にあるかどうかにかかわってくる。道が見えているなら、金のことでそう悩む必要はない。金は持っていないが、いつか持てたら私もそうしたい。

第3章

反復する思春期

ほかの人びとには青春は一回しかないが、
この人びとには、反復する思春期がある

——『ゲーテとの対話』より

高齢にもかかわらず若々しい活動力を失わない人。まるで青春が始まったばかりのように爆発的な創作を続ける人。そういった人々をゲーテは天才と呼び、その秘められた事情を「反復する思春期」だとした。

もちろん、ゲーテもその一人である。この言葉を放った時すでに七十九歳。それでいて若い弟子であるエッカーマンからは、「たえず学びに学んでいる。そしてまさにそのことによって、永遠にいつも変わらぬ青春の人であることを示している」と評された。

「青春とは心の若さをいうのである」というサムエル・ウルマンの言葉がここしばらくの人気だ。この言葉が額に飾られた社長室などを見かけることもある。しかし、そうした空間はなぜか陳腐で、皮肉にしか思えない場合が多い。それはそこが効率や合理性を要求する側の巣穴だからだ。

学ぶとは、大いなる無駄への行進である。利益に左右されない、脳が喜びを得るための森羅万象へのパレードである。その人間らしさを失った時、脳は、心は枯れ始める。

悪いことは言わない。効率ばかりを謳った勉強本などには惑わされないことだ。自ら道を切り拓いてこそ脳は活性化する。無駄をやるからこそ青春がもう一度よみがえる。他に方法はない。学ぶことが若さの秘訣である。

バック・トゥ・スクールという言葉が欧米にはある。ある程度の年齢になったら、また学校へ戻ってきなさいということだ。五十、六十になってから、新しい語学を始めてもいい。今から新しい外国語を学んで、いったいなんの役に立つのですか？　と批判めいた口調で訊いてくる人も現われようが、気にすることはない。新しく言語を学ぶ。まさにそのことによって、脳が活性化されていく。その恩恵は計り知れない。

ちなみに私は、縁あって出演させていただいた映画がカンヌに招待されたことで、初めて南フランスの土を踏み、感じ入るところが多々あった。帰国後、迷わずにフランス語の学校に通い始めたのだが、フランス語のできそのものよりも、舞台でのセリフの暗記力や詩の構築力がこれまでにないほど増していることに驚いている。四十九歳からのアルファベであったとしても、ひとつの青春がまたそこから始まっている。

ゲーテのコトバ 20

探求と誤ちは結構なことだ。
探求と誤ちを通して人は学ぶのだからね

――『ゲーテとの対話』より

目標、正義、幸福。こうした言葉は疑いにくい。否定しにくい。成功もそのひとつだろう。しかめ面をして生きていくよりは、笑顔の絶えない生活をしていきたいと誰だって思う。それはつまり、成功することですよね、となる。その結果、成功至上主義のような気配が世の中には満ちていて、誰々はこうして成功した、こうして富を築いたという言葉であふれている。

しかし、そうした意味での成功も、そう簡単には達成できないし、金も転がり込んではこない。だから国全体で、かえってみんな暗い顔である。東北で大きな災害が起きる前から、この国は先進諸国中一位の自殺率をキープしてきた。この現象もまた、成功をありがたがる風潮とは無縁でないであろう。成功しなければいけないと思うから、その強迫観念により敗者が生まれ続ける。

ゲーテの威を借りて、私は言いたい。人生はそう長くない。その日々に於いて、成功などというつまらない概念にとらわれない方がいいのではないか。私たちはそれぞれ、自分なりの道を進み、自分なりの原野を開拓するために生まれてきた。

道とはなにか？　これはきっと探求そのもののことだ。だから、道が見えた時はそこを歩まなければならない。そのことによって道は初めて道になる。自分の領域となる。それ自体には成功も失敗もない。

では、開拓とはなにか？　これは道を歩んでのちの失敗や挫折やあやまちだ。なぜなら私たちは、こうしたひとつひとつの体験を通じて、初めてものの実相に迫っていけるからだ。成功や勝利のみでは、記憶はなにも残らない。味がないとはこのことで、仮に主人公がすべてに於いて成功を収める映画があったとしたら、あなたはそれを観たいだろうか。起伏に乏しい物語だけは勘弁して欲しいというのが本音ではないか。

負けること。落ちること。あやまること。自らの領域を耕していく上で、こうしたことほど大事な体験はないと私は思う。なぜならば、領域を立体化し、豊かにしていくためには、転がり落ちた場所からの視線も必要だからだ。

笑顔を絶やさない生活のために、成功を手に入れる必要はないと思う。どんな環境にあろうと、笑顔であり続ける自分を実現すればいいだけだ。

一番よいのは、対象を十か十二くらいの
小さな個々の詩にわけて描くことだ

――『ゲーテとの対話』より

大きな夢を持っていると意識するのはひとつの快楽だが、そのことと実現性の間にはそれ相当の距離がある。叶わなければ残念、酒とともに泡と消え、夢を抱いていたことさえ忘れて歳をとっていくのが人の常だ。もちろん、夢うんぬんの前に人として生きられればそれでもう充分ではないか、という意見もあるだろうが、やはりなかにはそれだけではつまらないという人もいる。そんなあなたのために、一工夫の知恵をゲーテは与えてくれている。

前の頁で、「大作は用心した方がいい」という言葉を紹介したが、才能を自覚し、野望に燃えた人だったからこそ、ゲーテもまた混沌とした創作の沼地に足を取られた。そこから這い上がるためにどうしたのか？　つまりこれは形而上的な話ではなく、経験論なのだ。私たちにありがちなその種の浮ついた心を戒《いまし》める形で、ゲーテは具体的なやり方を示してくれている。

それは、全体を細部に分けていき、それぞれの範囲のなかで全力を尽くすという方法だ。ゲーテはこうやって大作の『ファウスト』を仕上げた。少しずつ、少しずつ、一生をかけて。

これはマラソンランナーの走り方にも似ている。最初から42・195キロを想像してしまうとげっそりする。だから、次の電柱まで、次の電柱までと自分を奮い立たせる。あるいは楽団の練習。どれだけ長い交響曲も一小節ずつの集まりでしかない。どこからどこまでどう稽古していくのか、できる楽団ほど区切られたパートへの集中力を問う。

同じことで、私たちの仕事も、創作物であるところの人生も、一小節ずつの積み重ねでしかない。たとえ小さな実りであっても、なんらかの手応えがある一日を心掛け、それを続けることによって、結果的には大きな収穫を得る。

同時にこれはまた、困難に直面している人に手を差し伸べる知恵でもある。肉親との永訣。病魔。致命的な失敗。懸命に生きていても、他人を傷付けずとも、苦しみで胸がつぶれそうになる日々はあるものだ。

そんな時には、ゲーテのこの方法を思い出して欲しい。痛みから逃げられない一日は、細分化して一時間ずつの組み合わせにしてしまうのだ。そして、一日をではなく、一時間だけを生きる。悲しみや苦しみを細かく砕いて受け入れていく。倒れそうな時は、こんな方法がある。

ゲーテのコトバ 22

冬のあいだじゅう、
一瞬だって無意味な時間はありやしないよ

――『ゲーテとの対話』より

多少のずれは毎年あるが、春夏秋冬は順番を一度も間違えることなく、正しい巡りでやってくる。季節とはそういうもので、夏の次にいきなり冬がきたりはしない。ところが世界の経済はここしばらく冷たい風に吹かれていて、地球上はあちらこちらで冬が停滞しているようだ。

若きエッカーマンが、老ゲーテの門弟となって迎えた初めての冬。ゲーテは彼を自宅に逗留させようとして、この言葉を放った。

詩と批評の基礎を学びなさい。そのための最善の方法を自分は知っている。たくさんの優れた人間と出会いなさい。だからこの冬には、ぼんやりしている時間などないのだ。

言葉がポジティブ過ぎて、目の奥で両手を突き出したくなった人もいるだろう。ＮＯ！冬は炬燵《こたつ》で熱燗《あつかん》がいいと。それはそれで美しい行為だと私も思う。

要は、冬を嫌わないことだ。

田舎のおじいさんが焚き火の前で言いそうなことだが、人生にも四季はある。なにをやってもうまくいかない時期、それは冬なのだから仕方がない。無理に芽を出そうとすれば一巻の終わりだ。

このことは、私もよくわかっている。なにをやってもうまくいった季節と、なにをやっても実を結ばなかった季節。そのふたつを実地で経験しているからだ。

季節の違いは、人の集まり方の違いとなって表われる。運気に乗り、どんな仕事もうまくいく日々。そういう時は地平線から湧くかのように人が集まってくる。みんな笑顔だ。好意も示される。だが、なにか透明で巨大なものが倒れたかのように、ある日を境に世界が変わってしまうこともある。強い風が吹き荒れ、気付けば自分はかつての場所を追われている。人は去っていく。ともに歩いてくれているのは、残りのたった数人。

だが、これこそが学びなのだ。まったくひどいことになってしまったなという時でも、自分から離れないでいてくれる人々。彼ら彼女らが、実に……友人というものだ。

冬場はまた、荒涼とした景色の向こうに憧れを見る時期でもある。失われて、なにが自分にとって大切であったかを知る。ああ、こういうことを志していたのだと、かつての希望をもう一度たぐり寄せる。

つまり、冬ほど蓄えられる時季はない。熱燗も大賛成だが、ゲーテが言うように、冬は大事な季節である。寒さが身にしみるからこそ、真に温かみを知る季節でもある。

描かれうるものは、
石から人間にいたるまで、
すべて普遍性をもっている

——『ゲーテとの対話』より

この言葉のあとに、ゲーテはこう続ける。

「なぜなら万物は回帰するのであって、ただの一度しか存在しないものなどこの世にはないからだ」

繰り返し消滅し、繰り返し出現するあらゆる存在。仏教や老子が説くこの世の姿もそうであるし、かつてキリスト教以前にヨーロッパに息づいていたケルトの汎神論もここに根がある。形あるものにも形ないものにも、神性が宿っている。加えて私たちは科学のおこぼれとして、自身を形作る粒子が流転していることを知っている。時を経れば、私たちは水になり、海になり、鳥になり、花になる。

そうした意味では、この世のあらゆるものに価値の差はない。それをどーんと理解した上で、人は創造的であれ、芸術的であれと説くゲーテの声に耳を傾けて欲しい。

フェデリコ・フェリーニの名作『道』に、こんなシーンがあった。頭が少し弱く、なにもかもが不器用な女、ジェルソミーナ。度重なる不幸のなかで自殺を決意する彼女に、サーカスの綱渡り芸人がそっと寄り添う。彼は路上の小石をそっとつまみ上げ、ジェルソミーナに静かに囁きかける。

「この石がなんのためにここにあるのか、ぼくらにはわからない。でも、なにかのためにあるんだよ。神様だけが知っている」

この映画を観たのは高校生の頃だ。強烈な印象を受けたくせに、フェリーニがなにを言いたかったのか理解できたのは、ようやく最近のことだ。

日常のひとつひとつ。地味なこと。平凡なできごと。そのなかに人の機微がある。勢いのある者たちがついつい見落としてしまいそうなもの。権力を持つ者たちが踏みつぶしてしまいそうなもの。そうしたもののなかに、人の物語がある。

そして人が目もくれないもの。誰も大切にしようとはしないもの。そこにもきっと美はある。

自らの立ち位置を確保することは、自らの視線を持つということであろう。石ころにも普遍性を感じられる人は、どんな場所にあってもなにかを創作することができる。

逆説的な言い方になるが、たとえ今のあなたが、誰も振り向いてはくれない石ころのような存在であったとしても、あなたのなかに人類のすべてがあるのだから、自らを卑下する必要はない。あなたに宿る普遍的なものとともに、そっと息を合わせるだけでいい。

ゲーテのコトバ 24

人間は、生来のものであるばかりでなく、
獲得されたものでもある

――『ゲーテ格言集』より

時を越えながら、あなたはかつて雲間の煌めきとして地上を見おろしていた。この二丁目三番地に宿ったのは、そこに住む若い夫婦の笑顔が見たかったからだ。つまり、あなたは人間の子供としてこの街に誕生した。

なぜその夫婦を選んだのか。そこにどんな動機があったのか。それはどういうわけか忘れてしまった。肉体を得たことの喜びがあまりに大きかったからだろうか。

しかし、幼児の心をもって目覚めた時、雲の上で笑っていた天真爛漫さはすでに失われていた。現象のなかを歩くことはなかなかに楽しかったが、現実のなかを生きることはなかなかに難しかった。それが二丁目三番地との遭遇だった。

あなたを否定する者や迫害する者が街角から次々と現われる。嵐が吹き荒れ、通りの銭湯の煙突が倒れるようなこともあった。風向きの悪い季節が続き、自分の存在のはかなさに震えたこともあった。氷柱のような孤独に胸を刺し貫《ぬ》かれ、三丁目四番地に引っ越そうと思ったことも。そう。肉体への執着に狂おしい思いをしたこともあったといえば、あった。

人間としての季節が、そうして過ぎ去っていった。あなたの若さは次第に失われ、肌の艶はなくなっていった。髪は白くなり、顔はしわでいっぱいになった。夜は何度もトイレに起きる。やがて左手には杖が握られた。

そこであなたは振り返る。肉体を得てからの日々を。そういえば、幸福という感覚があった。ひょっとしたらこれを得るために自分は人間になったのではないか。そんなふうに考えたこともあった。なぜなら、もうひとつ別の感覚が、通奏低音のように自らを貫いていたからだ。それは人の世で苦しみという。切なさという。なぜ、会った者とは必ず別れなければならないのか。特に、愛を感じた者たちとの堪え難い別離。

あなたもまた、そう遠くない日に雲へと戻っていかなければならない。そのことがはっきりとわかり始めた。するとなぜか、地上に降り立とうとした光であったことが、うっすらとよみがえるのである。

どうしてそれを長い間忘れていたのだろうとあなたは思う。この世にいる者たちもみなそのことを忘れている。それはなぜなのか。降りてきた理由を覚えていれば、あんなにも憎しみ合ったり、戦いに訴えることもなかっただろうに。だからあなたはきっと祈る。この二丁目三番地に降りてくる者たちの安穏の日々を。みんなには少なくとも、気付いて欲しいと。

物語になってしまったが、獲得とはおそらくそのような意味だ。人間として生きようとするあなたに、幸いあれ。

この地方を説明せよと言うのか。
先ず自分で屋根に上りなさい

――『ゲーテ格言集』より

他人の言葉を聞いて知ったつもりになるな。自ら足を運び、自らの目で見、自らの耳で聞き、その体験をおのれのものとせよ。ゲーテはそんなふうに言いたかったのだろう。わかりやすいメッセージだ。だが、この警句は、大人ならばさらに一歩踏み込んで捉えた方が良さそうだ。

実は、自らの目で、自らの耳で、という部分がくせものなのだ。他者からの説明、現代はそれがマスメディアやネットでの言説になるのだが、もちろんそれをうのみにしてしまう人に比べれば、自らものを見ようとする人の方がはるかに主体的であることは理解できる。

しかし、自らの目は本当に信用できるのだろうか？　誰もが自らの目で見さえすれば、それぞれの真実に近付けるのだろうか？

これに関して、私などはあまり肯定的ではない。経てきた歳月の分だけ、どんな人にでも過信があり、愚鈍があるものだと思っている。新たな体験が体験に成り得ず、逆に視界が曇りがちになっているのが私たち大人なのではないか。「最近の若い連中は」「世の中意味不明だよね」などと言い始めたら要注意。培ってきたはずの感性も、放っておけば瓦《が》礫《れき》となる。それが障害物となり、大人を屋根に上らせなくなるのだ。

では、もう一度屋根から世界を見てみたいと願うピーターパンやウェンディはどうすればいいのか。単純なことで、世界を見たがった幼き日々にもう一度戻ればいい。母親に手を引かれ、「お母さん、あそこの奥にはなにがあるの?」と駅の改札口を指さしたその時代の目を取り戻すことだ。

これは私が実際に体験したことだ。知人を千駄ヶ谷の駅前で待っている間、自分の感覚を三歳ぐらいまでに戻してみた。すると帰宅ラッシュのなか、銀色の自動改札と、そこに小走りに吸い込まれていく人たちが、なにかとても不思議な存在に見え始めた。あの人たちはなぜあんなに急いでいるのだろう? あの銀色の扉の奥になにか楽しいことが待っているの? それとも、大人は自分を粉々にしたくなるような気持ちになることがあって、二度と戻れないあの門のなかに自ら吸い込まれていくの?

こうした感慨を得てからまわりに目をやってみると、見慣れたはずの東京が、未踏のバビロンの街のように妖しく迫ってきた。世界は再構築され、私は一篇の詩を書いた。屋根の上から新しい街が見えたからだ。

ゲーテのコトバ 26

君の値打を楽しもうと思ったら、
君は世の中に価値を与えなければならない

——『ゲーテ格言集』より

人はいかなる時に金を手にするのか？

逆から言えば、人はいかなる時に金を払おうとするのか？

金を払うのは、その人が他人にしてもらったことに感謝をした時だけだ。たいへん大雑把な言い方だが、これが経済の大原則。うどんからフレンチに至るまで、「大将、おいしかったよ」と顔がほころんだからこそ客は財布を開く。微妙なところにできたおできをドクターに治してもらった時も、畑で働いてもいないのにスーパーで新鮮な野菜を手にすることができた時も、あるいはベルリンあたりまで飛行機で運んでもらった時も、そんなことは自分一人じゃどうにもならない、してもらって助かったからこそ人は金を払うのだ。

ところがここ十数年、この大原則が崩れたかのように見え、金が金を生む特殊な業界が人の目を惹き付けるようになった。この業界では百年以上も前から、株だの投資だのという言葉が横行していたが、当時はまだそこには人の体温があり、原則からはずれているわけではなかった。ところが世界がネットでつながり、秒刻みのトレーディングをコンピュータが二十四時間休みなしでやるようになって以来、利益のための間隙《かんげき》を衝くことが手法となった。理屈はここで滅んでしまった。人は感謝の分だけ金を払うのですなどと、悠長なことは言ってられない雰囲気だ。金は記号になり、デジタル信号になった。結果、私たちが陥ったのは、価値という言葉の衰退と崩壊である。今どの国でも人は迷っているし、世界は混沌としている。

しかし、敢えて言いたい。混迷の時代だからこそ、原則に戻るべきではないか。どうすれば金になるかと考えるから人はみな迷う。原則通り、どうすれば人に喜んでもらえるだろうかと考えるなら、少なくとも行為に於いて、私たちは迷い人にならずに済む。

あなたの人生を楽しもうと思うのなら、やはりゲーテが言う通り、あなたは世の中に与えるべきだ。他人を喜ばすべきだ。どんな形でそれが支払われるにしろ、入り口はそこにしかない。この頁だって、あなたが読んで下さるからこそ私に原稿料が振り込まれる。

稼ぐことの煩いごとから解放されるためには、労働と対価を複雑なシステムに委ねない方がいい。あなたの行為によって、生きていて良かったと思う人が何人いるのか。ただそれだけのことだ。

愛人の欠点を美徳と思わないほどの者は、
愛しているとは言えない

――『ゲーテ格言集』より

恋を食いながら日めくりを繰ったゲーテゆえ、この言葉は文字通りの愛人、女性に対しての情念を説いたものだ。なるほど、その通りです。寸分違《たが》わず、アイ・アグリー・ウイズ・ユー。怒った時の顔がまた色っぽいんだよね、などと蕩《とろ》けているうちは、その先で待ち構えている奈落からさえも芳香が漂ってくる。愛に逆境はない。

さて、ここから先は私論。色っぽい話ではなくなって恐縮だが、愛人を仕事に置き換えての新たな言葉。

「仕事の難しさを魅力と思わないほどの者は、その仕事をしているとはいえない」

この言葉は真なり？

厳しい時代が続いているので、どんな現場で働いている人にしろ、仕事の話ではあまり浮いた顔が見られなくなった。時代が悪いのか、仕事が時代についていっていないのか。誰にでも長所と短所があるように、目先の仕事にもいい面悪い面はあるだろう。うまくいかない日々は、そのいけすかない方ばかりが見えてきたりして、ああ、もうこんな仕事やめようかなと思ったりもするものだ。

私はライブで、かつてホールを満員にしていた時代がある。ところが今はさびれた居酒屋で、たった数十人の物好きを相手に歌っている。成功のための仕事という次元で考えるなら、私は今すぐこれをやめ、なにかもっと別の分野への挑戦を企てた方がいいのかもしれない。だが、詩や歌は私の外にあるのではない。内側にあるのだから、大事にしてやるしかないのだ。むしろ、成功うんぬんという野望がなくなってしまったからこそ、今は歌にきちんと向かい合える。

妙な話だが、その姿勢からまじめに未来も見えてくる。さらに少ない客を相手に、それでも歌っている老詩人の姿である。この老詩人のことを私は嫌いではない。一生をかけてしまったのだから取り返しのつかないことではあるが、自分のスタイルだと信じた道を頑《かたく》なまでに歩んできた男である。さっぱりしている。

だから、このままでいいのだと私は自分に言い聞かせる。愛人の欠点なのか、仕事の難しさなのか判別できないが、そうしたものもごっそりそのまま取り込み、自分の血肉に変えていく。

なかなか結果に恵まれず、現在の仕事に別れ話を持ちかけている人もいるだろう。わかるよ、その気持ち。だが、愛していると思えば、すべてを受け入れるしかない。覚悟はこうして決まる。

第4章

未知という御馳走を食べているか

考える人間の最も美しい幸福は、
究め得るものを究めてしまい、
究め得ないものを静かに崇めることである

――『ゲーテ格言集』より

仕事の成果、努力の結果が形になること。こと労働に関する限り、社会ではなによりもこれが重視される。もっと言ってしまえば、これしかない。学校の先生のように「努力する過程が大切なのです」と説いてくれる人は学《まな》び舎《や》を出ればもうどこにもいない。「努力だけはしたのです」などと大人が言おうものなら、負け犬の遠吠えと取られるだけだ。

やっかいなのは、成果や結果もひとつの現象に過ぎないことだ。勝った人もそうのんびりとはしていられない。祝宴がお開きとなれば、流砂が足下を脅かす元の世界に再び戻ることになる。勝とうが負けようが、明日はまた別の世界。

私たちの日々には、確約も確実もない。これは誰もが知っている。勝ち続ける人はどこにもいないし、それ以前に、努力を積み重ねても花開くとは限らない。ただ日常生活を送っていただけなのに、ふいの災害で命すら奪われてしまうこともある。これについてはどこまでが人災かという議論もあろうが、いずれにしろ私たちは、コントロールすることができない領域と接しながら生きている。そこに神を持ち出すのも自由。不条理とひとことで済ませてしまう人もいる。

究め得ないものを崇める。これは人としての分別を説いた言葉だ。なにごともできると信じている人間ほど醜いものはない。おのが領域を究める姿勢がある一方、他の領域に関しては、敬意をもって頭を垂れる方がいい。

ただし、この言葉を拡大解釈するなら、崇めるとはつまり、天命に任せることである。営みの結果を左右する運命はやはりある。人の生涯もこれに翻弄され続ける。

ジャン・アンリ・ファーブルは最初の妻と子供二人を病気で亡くし、失意の日々を送った。昆虫記を書き始めたのは五十代半ばからで、生涯貧困と対峙し続けた。おそらく、彼にとってはその執筆よりもむしろ、子供の頃から虫を見続けたひたむきな日々にこそ祝福があったのだろう。書かなくても、彼は自分の究めるべきものをまっとうした人だったのかもしれない。そのような意味では、無数のファーブルがいたし、無数のゲーテがいたのだ。

運命のことはわからない。その領域に対しては微笑みを向けるしかない。するとやはり懐かしい学校の先生の言葉がよみがえる。

「究めようとするものがあるなら、努力する過程が大切なのです。あとは運命を信じなさい。弱い者いじめもしちゃだめよ」

ゲーテのコトバ 29

個人は何ものかに達するためには、
自己を諦めなければならないということを、だれも理解しない

――『ゲーテ格言集』より

ここ数ヶ月、けっこうな量の翻訳作業にあたっていた。昨年は複数の本を出し、書くことに対する気持ちが萎《な》えたわけではなかったが、忙しさを経たあとで、ちょっとした空白のなかに落ち込んでしまった。次に登っていくべき場所がどうも見えてこない。手がかりがつかめなくなってしまった。そのもやもやした空気を吹き飛ばそうと引き受けた仕事ではあったが、これが効を奏した。

やるべきことの輪郭がうっすらと見えたような気がしたのだ。

英文の作品を一行ずつ日本語に訳していく作業。この膨大なる連続。その無味乾燥に耐えかね、自分のアイデアによるオリジナルの作品を書きたくなった……ということではない。

ひたすら黒子に徹する翻訳者の立場を経験したことで、自分らしさを問う小賢《こざか》しさのようなものが、なぜか見えてきた。

こういう言い方はどうかと思うが、これからある物語を世に問うとして、それが本当に今この時代の誰かに必要なものであるなら、別に、私でなくてもいいのだ。読んで良かったと読者が思う作品が生まれるのなら、私である必要はない。逆を言えば、これまでの私は、私にこだわるあまり、私という領域から出られない、実に小さなペンの握り方をしてきたのではないか。

その気付きは、自分にとってとても大きなことだった。大袈裟かもしれないが、世界を見る目が少し新しくなった。この世界を、いや、この街を構成するもの。電柱も、街路樹も、踏切も、大福餅も、カツカレーも、消防車も、それを考案し、作り上げ、育んできたのは無名の人たちだ。彼らの名前がどこかに付いているわけではない。私にこだわらない偉大な作品群なのである。でもその作者がいなければ、これらは生まれなかった。

私を消すほどのものと結びつくことによって、私はようやく生きるのだろう。私は大地の気持ちを知りたいし、空や風や人類全体の声も聞きたい。そうしたものとともにありながら、詩や物語を書いていきたい。私は消滅して、ペロペロキャンディーのぐるぐる渦巻きを発明した人と同じ存在になるのだ。これは自己犠牲ではない。その真逆だ。

敵の功績を認めることより
大きな利益を私は名づけ得ないだろう

――『ゲーテ格言集』より

ゲーテがこの言葉を発した頃、ヨーロッパでは決闘が許されていた。自分や家族が侮辱を受ければ、命を賭して闘う。現在の道徳観からすれば荒っぽい行為ではあろうが、そうした場を乗り越えていくことも男のたしなみのひとつだった。仕事上の敵であったとしても、対抗心がエスカレートしていけば、いつ決闘に転じるかわからない。敵、とはありふれた文字だが、私たちが思うところよりもっと切実で、もっと奥の深い存在だったのかもしれない。安っぽい相手には間違っても使いたくない呼称、それが敵だったのだ。

ゲーテが言う敵の功績とは、その相手の価値、その存在の大きさである。闘いに憎しみが伴うにしろ、これを受け入れられるかどうか、尊べるかどうかが、ひいては自身の価値にもかかわってくる。

これは、敵をライバルという言葉に置き換えてみれば、わかりやすい話になる。双方が敬意をもって闘えるのなら、力が似通っているのだ。全身全霊で奮闘しても、勝負の行方がわからない相手だからこそライバルになり得る。

つまり、自己の最大限の可能性が投射された相手がライバルなのであり、それは姿形を変えたもう一人の自分でもある。相手に尊敬の念を抱けなければ、自身の行く末を否定しているのと同じことなのだ。

したがって、簡単に勝てる相手とは組み合ってはいけない。勝利が確実であろうと、これほど無粋なことはない。ロマンに欠けるだけではなく、利益ももたらさない。また、粉砕されることが目に見えている相手に飛びかかっていくのも避けた方がいい。それはロマンではなく、自棄《やけ》だからだ。少なくとも互角の勝負に持ち込めるよう、自身を鍛え上げるべきだ。ケンカはそれからだ。

では、お前にはライバルはいるのか？　自分にそう問うてみると、私の場合、頭の上がらない人が多過ぎて、本を読んでも、音楽を聴いても、誰を見ても、ただただ嘆息が漏れるばかりである。

今だって、機敏な一匹の蠅に翻弄されながらこの文を書いている。彼を生み出した大自然に心底ひれ伏している。私が勝てないこの蠅を誕生させるために、地球はどれだけの歳月を費やしたのか？　こうして一匹の蠅を尊べば、想像だけはジュラ紀にまで広がっていく。私はそこで遊ばせてもらう。

ゲーテのコトバ 31

人間のあやまちこそ
人間をほんとうに愛すべきものにする

——『ゲーテ格言集』より

ゲーテは生涯をかけた『ファウスト』に於いても、「人は努力する限りあやまつものである」と記している。道ならぬ恋やイタリアへの逃避行、成立しなかった幾多の研究など、事実、ゲーテ自身もその精力に比例して「やらかしてしまった」件数の多い人であった。しかしそれを発酵させたことにより、今も私たちが触れられる書物や言葉に相成った。

では、人はあやまちによってなにに気付くのだろうか。失敗はどんな畑の肥料となり、次の芽を育てるのか。

私たちはなにごとかを試みようとする時、これから歩を進めていく原野を遠目に臨むものだ。計画と呼ばれるものがこれ。やみくもに頑張るというやり方もあるが、地図なき旅と同じことで、どこかで立ち往生してしまう危険性がある。だから大人たちは考える。どう進めばいいのか。さあ、計画を練ろうと。だが、多くの計画は哀しいかな、固定された視線の延長線上にしかない。その時代の常識と、正しいはずだという思い込みから道のりは決定される。そして溜め息。計画を立てたはずなのに、地図を手にしたはずなのに、いったいどうして？　これまた無謀な旅と同じように立ち往生してしまうのだ。

人はそこで初めて、自分たちのものの見方が一面的でしかなかったことを知る。角度を変えてその対象を見てみれば、まったく違う局面があったことに気付くのだ。予測し得ない事態が起き得ることも含めて。

だから、あやまちをあやまちとして認められる素直さがあるなら、人の視線はより複眼的になっていく。少なくとも上段から振り下ろすような単一の常識でものごとを判断したりはしなくなる。

となれば、実はもっとも大切な、意味のある分岐点は、あやまちからなにに気付くかということ以前にある。それは、あやまちを犯してしまったことそのものに気付いているかどうかなのだ。

ある程度の生活に慣れてしまえば、そのレベルを落としたくないと願うのが人情だ。個人の生活でも、社会全体でもこれは変わらない。すると、生活の維持が正義になり、そのためなら他の命を傷付けてもいいだろう、大地を汚してもいいだろうという論理がまかり通るようになる。豊かになったことで、視野は逆に狭められるのだ。あやまちに気付きさえすれば、人はいつだってやり直せるのに。

ゲーテのコトバ 32

奇跡は信仰の愛児だ

——『ゲーテ格言集』より

神がかり的なできごと。人間を超越した能力。宗教の開祖には奇蹟にまつわる話がつきものだ。人智を越えたドグマを共有できて、信仰は初めて成り立つようなところがある。その是非はともかく、自分自身に対する信仰があるとするなら、それもまた同じ構造から発せられる。自己の可能性を信じられるかどうかは、内的な奇蹟を体験できたかどうかによるところが大きい。

宝くじが当たった？　そうではない。それは外側の確率論の話だ。たとえば自己に起きる奇蹟とは、世の中に対する怒りでいっぱいになっていた人が、雨宿りをしている親子を見かけた瞬間、誰にも大切な人がいるのだと気付き、世界の見方を一変するような経験である。あるいは酒なしではやっていけない人が、手が震えながらもそれを我慢し、一晩の読書に勤《いそ》しむ。その強さを持つことを本人が初めて知り、内側への視線を改めることである。

つまり奇蹟とは、心のなかに起きることを言う。誰の尻が宙に浮いたとか、手から時計を出したとか、前世が見えたとか、バラエティ番組の喜びそうな奇蹟ではない。心で経験した奇蹟だけが自分への信仰につながるし、それがあることにより、待つことの能力も育まれていく。

今、この時代になにが難しいかというと、それは待つことではないだろうか。どんな分野でもすぐに結果を求められる。一年先ならまだしも、五年先、十年先となれば、とんでもないという話になる。ましてや三十年、五十年先の成果を考え、などと言おうものなら「生きてないよ」と失笑を買うばかりだろう。

だから、年々大木の育たない環境になりつつある。宰相が一年単位でころころ代わるように、国の行く末もまったく見えない。方向がある程度決まれば、作り上げていく努力も、待つこともそれぞれやり遂げる民が住んでいるというのに……いや、そうではないのかもしれない。待つことができない民ばかりになってしまったから、奇蹟を謳う怪しげな人物の、前世がどうのなどという後ろ向きの作り話で一喜一憂したりする。だからみんな、本当の意味での前が見えなくなっている。

偉大な力は遠くにあるのではない。あなたの一番そばで、ともに未来を見つめている。

ゲーテのコトバ 33

女が男のこの上なく美しい半身として与えられもしたように、
夜はこの世のなかば、それもこの上なく美しいなかばなのに

――『ゲーテ格言集』より

誤解なきよう。男もまた半身として女に与えられる。西洋人なら誰もが知っているこのベターハーフの発想をたとえに使い、後半の二行でゲーテは思うところを主張している。「明けない夜はない」という言葉がある。苦しい今を耐えればいつかはいい日がくるといった考えだ。この使い古された標語にけちをつけようとは思わないが、世の中そう単純なものではないこともたいていの人はわかっている。同様に、これはそのわかりやすい教示に対するゲーテ流の異論であり、より示唆に富んだ言葉だ。

ゲーテ曰く、闇と光は対をなして一体、両方を味わうのが一日なのだ。人は笑顔でいられる季節のためだけに生きているのではない。そうではない時も含めて、一刻を、一歩を抱きしめる。生きることの醍醐味はそこにあるのではないかと言いたかったのではないか。

人生がうまくいっている時、運気に乗っている時、人は誰だって笑顔になれる。喝采を浴び、スポットライトに照らされながら道を歩く。その道はきっと確実なものだし、天はおのれのためだけに光を与えてくれていると思えてしまう。

だが、同じ天がある日、急に光を隠すのである。気付けば喝采は他者に送られている。もはやスポットライトも遠く、道すらも失われている。その時人は初めて思うのだ。自信をもって歩んでいたあの日々はいったいなんだったのか？　自分はいったいなにをしていたのかと。

これもまた、生きることだ。その闇の季節を味わうことが、喝采をする側にまわることが、新たな度量を人に与える。そしてもう一度、美しい闇のなかで、その道を切り拓いていこうと決心させる。

この、対で一体という考え方の先には、東洋オリジナルの、悟りと苦悩の世界もある。対なのだから、自らの煩悩や悪行で苦しまない生き物には悟りもない。ただしこれは懊悩を脱して綺麗さっぱり悟りを得るという、時間軸的な流れにのっとった話ではない。一体である以上、一人の人間のなかにいつも双方がある。だからこそ私たちは闇に目を開くことを否定してはならない。

暗黒、苦悩、時には悪。そうした時空に於いても仄《ほの》かな美を見られる人のみが、感知と創作をするために出現したこの生き物、人類のベターハーフになれるのだろう。

なんじが終わりえないことが、
なんじを偉大にする

——『ゲーテ格言集』より

終わりのないことに手を出すのはやっかいだと思う。永遠にゴールに達しないマラソンを走ってみたいと思う人はいるだろうか。いつまでも終わらない仕事があったとして、だからこそ燃えるという人は果たしてどれくらいいるだろう。でも、ご心配なく。そうした仕事を始めた場合、人生の方が先に終わってくれる。それがなにごとであれ、終わりは必ずくる。

さて、終わりを睨《にら》みつつ、六十歳の誕生日から新しい外国語を学び始めたとしよう。まわりはきっと言う。今さらなんのために？　役に立つとは思えないよ。

その人たちは、人間の脳がなにを求めているのかを知らないのだ。役に立つかどうかなんて脳にとっては些細なこと。いくつになっても脳が一途に求めるもの、それは未知だ。未知こそが脳の御馳走なのだ。知らなかった外国語を学ぶことによって、年齢にかかわらず新しい脳神経系が発生することは科学的にも証明されている。脳に未知を与え続けること。それのみが闊達《かったつ》に生きるための方法となる。

あなたの一日に未知はあるだろうか。

食べつけないものをオーダーするのが面倒になりだしたら、決まった道ばかり歩くようになったら、同じことばかり口にするようになったら、懐メロばかりに浸り始めたら、過去を振り返るような言動が増え始めたら、脳はすでに終わりを迎えつつある。未知という御馳走をたっぷり与えなければならない。

実は、外国語を学びに行かなくとも、言葉ひとつでそれはできる。たとえば「八百屋が黒いバナナを売っている」を「バナナが黒い八百屋を売っている」と遊んでみる一種の詩的作業だ。後者の方、このねじれたイメージを頭のなかで充分に味わって欲しい。これこそ未知の種であり、詩とは本来、脳に未知を与えるための人類の工夫であったと気付く。

高齢に至ってなおゲーテが盛んだったのは、日々の詩的創作によりいっそうのめり込んだことが大きい。老齢になり、公務から解放されたことで彼は自由な時間を得た。そこに創作をぶち込んだのだ。

言葉は彼に未知と、その森に果てがないことを教えた。終わりのない森だからこそ、自らが果てるまで彼は前進し続けた。

ゲーテのコトバ 35

何事につけても、
希望するのは絶望するのよりよい。
可能なものの限界をはかることは、
だれにもできないのだから

——『ゲーテ格言集』より

絶望し得ない者は生きてはならない。絶望だけが義務だと言い切ったゲーテだが、それは希望と絶望が表裏一体であることから発せられた言葉。絶望の始まりには希望があったのだし、その終わりにはまた新たな希望が顔を出すかもしれない。やはり希望は生きていくことの礎となる。

もちろん人によって、希望の姿はそれぞれ違うだろう。億万の富。良き伴侶。健康。名誉や実績。喝采。あるいはそのすべて。

具体的であればあるほど道は見えやすいと言えそうだが、あらゆる現象は誰かの希望のために起きているわけではないので、強い希望を持つ人に限って、世の中はうまくいかないものだという絶望感にも陥りやすい。

そこで心の花の話。

南の離島でブーゲンビリアを見ているうちにふと発見した。詳しい人に訊いてみたらその通りだという。実はブーゲンビリアという花、派手な花弁を誇らしげに開いているような姿をしているが、本当はとても小さな花が尖端にちょこんと付いているだけなのだ。咲いているように見えるのは、この植物の葉の部分。

生き物にはみな希望がある。ブーゲンビリアのこのからくりに気付いた時、植物の内側で静かに保たれてきた希望を垣間見たような気がした。何万年もの間、ブーゲンビリアは明るく煌めく花を付けたい一心で生きてきたのだろう。

希望が、単なる衝動ではなく、本質的なものとなってその生き物の内側に宿るのなら、天地は時のなかで物語を用意してくれる。これは人も同じで、一人の人生はブーゲンビリアが経てきた時間に比べれば一瞬のようなものに過ぎないが、それでも希望を持ち続けることによってなんらかの変化を呼び込む可能性がある。努めることと、待つことさえ忘れなければ。絶望もまた希望のひとつの姿なのだと信じることができれば。

どんな長雨の日々にあっても、ブーゲンビリアの想いは一途だった。この世を組成するなにかがその声を聞き届けたのだ。人間には言葉や歌がある。繰り返しそれを求めることによって、私たちの花や葉も広がっていく。

忘恩は常に一種の弱点である。
有能な人で忘恩だったというのを、
私はまだ見たことがない

――『ゲーテ格言集』より

耳に痛い言葉だ。

自分の話で申し訳ないが、振り返れば道の方々に崩落や陥没があり、決まってこの忘恩が潜んでいる。運気とは人の気の流れのことなのだから、一人で頑張ってきたのだなどと勘違いしたような時にはもう遅い。梯子《はしご》はとうにはずされている。

よって失敗のたびに、これからは恩義のある人にはできる限りの気持ちで接しようと思う。しかし、これがまたやっかいだ。誰にどんな恩があるのかと考えているうち、だんだんわからなくなってくる。結局のところ、自分の利益のためにそれを意識しようとしているのではないか。それで別にいいではないかという声。いや、浅ましいだろうという声。恩を巡って内側の葛藤がある。

すごく逆説的な言い方になるのだが、特定な人から恩をこうむっているとは考えないのもひとつの方法だと思う。恩があるのは、自分と関係をもってくれたすべての人なのだ。分けへだてなく「ありがたい」と思えなければ、しょせんはまた同じ轍《てつ》を踏むことになろう。

とはいえ、全員にギフトを贈るわけにもいかない。できることはただひとつ、それぞれの顔を思い浮かべ、心のなかでそっと「ありがとう」と念じることだ。

日々の気持ちのなかに、「ありがとう」があるのか、ないのか。説法のようにもなってきたのでこらえて欲しいのだが、たしかに「ありがとう」の内なるつぶやきにはミラクルな力が宿っており、これは念じる側の心に、平穏と、そして彩りのある時間をもたらしてくれる。

口先だけの感謝の言葉とは違い、心のなかで「ありがとう」を発するためには、本当にその気持ちがなければならない。やってみればすぐにわかることで、人は行為では嘘をつけるが、心ではできないのである。すなわち「ありがとう」は一種の心の鍛錬でもある。多くの人、もの、時間に感謝できる心になれるかどうか。相手をイメージしながらそれができるようになった時、世界は極彩色に変わっていく。

ゲーテの言葉を少し変えるなら、「有能な人はみな感謝しながら生きている」ということになる。それもそのはず、感謝することによって、その人の生きている世界そのもののステージが上がっていくのである。数々の言葉を残してくれたゲーテ本人にも、「ありがとう」と伝えたい。

第5章

作っては壊す、作っては壊す

太陽が照れば塵も輝く

——『ゲーテ格言集』より

共通一次からセンター試験につながる「満遍なく点を取りなさいよ」的押し付け教育の三十年は、この国の力を萎えさせ、本当の意味でのユーモアの芽を摘み取ってしまった元凶ではないかと私は思っている。いびつさよりも平均的底上げを要求されたことにより、多くの人が、できることよりもできないことを、長所よりも短所を気に病む姿勢になってしまった。

というのが正しい指摘かどうかはともかく（いきなり無責任！）、この国には平均が気になる人が多い。自分がどうであるかということ以前に、まわりはどうなのかを知りたがる。周囲から少しでもはずれると、まるでなにか悪いことでもしたかのように心許なくなる。「みんなはどう言っているの？」「みんなはどうしているの？」と、親もまず子供にそれを訊く。その子の個性を伸ばそうとするのではなく、集団に埋没させる方向にもっていく。

人間はそれぞれが個性的だからこそ、組み合って和を作ることもできる。すべて満遍なく点が取れる人、すなわち個人でなんでもできる人間がいるとすれば、協調がないのだから、それこそが非人間的存在である。そんな人間を目指してどうするというのか？

誰もが欠点を抱えていて、誰もがいびつなのだ。だからこそ形になり得る。別の角度から見れば、誰もがなんらかの才能を持ち、それを活かした日々を送ることで輝ける塵となれる。他者を温めることもできる。

では、いびつな塵を照らす太陽とはなにか？　それはあなたの良きところを最大限に伸ばしてやろうとする、いわば本来の親心にも似た眼差しである。うちの親はそうではなかったという人もいるだろうが、もっともふさわしい道を歩ませてやりたいという目で自分自身を見ることができれば、それこそが自愛になる。

じっとしていることができない人は、方々を訪ね歩く仕事を選べばいい。一点にしがみついて熟成していくのがお好みなら、作家として机に向かうことや、研究職もいい。この国を飛び出したいという人は、海の向こうからこの国と結びつく方法もある。

そうした選択はすべて、誰かがやってくれるわけではない。自身を照らす太陽。それは自分のなかにある。日の出を待つな。陽を昇らせろ。

ゲーテのコトバ38

人間は、なんと知ることの早く、
おこなうことの遅い生き物だろう!

――『ゲーテ格言集』より

私たちの正体は大脳だ。だから、知ることをなによりも欲する。それゆえに、この言葉が指摘するような現象が起きてしまう。

あるいは知ることの多く、おこなうことの少ない生き物だと言い換えられるかもしれない。ゲーテがこの言葉を記したイタリア彷徨《ほうこう》から二百年余り、大脳はついにネットを生み出し、ネットと接続された。世界は瞬時に拡充し、そしてゲーテが言った通り、個々の腰が重くなり始めた。

モスクワでのライブ中継をニューヨークの友人と同時にチェックしながら、PCで会話。たしかにそれが可能な時代だ。知ることは限りなく増殖している。一方で、実際に足を運ぶ旅人や留学生は減少している。海を越える物語が売れ線からはずれた。行ったこともない国への妄想と批判がネット上で渦巻き、実際の旅を志す者たちをリア充と称して揶揄《やゆ》する向きも現われた。

もちろん、ネットが世界をつないだことの功は数え切れないほどある。しかし、知ったつもりの空気が蔓延し、PCの前から一歩も動かない人々が増えたのも事実だ。時代が違うと言ってしまえばそれまでだが、ゲーテは歩くことで人を知り得た。異国に接して知の花を咲かせた。しかしあるいはゲーテもこの時代に生まれていれば、ハッカーのごとくネットの向こうに世界を見出そうとしたかもしれない。そのあたりはなんとも言えない。ひとつ確実なのは、時代は、いつも次の時代への布石だという点だ。生まれ出た形態はすべて変化を迫られる。ならばネットによって知ることのビッグ・バンを得たこの時代は、次のなにへつながろうとしているのか？

水の流れが高きから低きへの原理に貫かれているように、次の時代への足がかりはこの時代にあっても足りないものだろう。科学技術の進歩は止まらないが、それによって、システムが代行する現場すべてから人が駆逐されるようになった。世界的には人口が増えつつあるのに、労働力を必要とされる現場は減少している。どの国でも失業率がアップし続けているのは、ＰＣによって統括できる場なら、もう人はいらないということの表われなのだ。

この揺り返しは必ずくる。ＰＣを駆使しながらも、実際に歩き、人と会い、笑い、抱擁できる者。こうしたタフな人物が次を築いていく。自分なりの新時代の旅とはなにか。イメージできるなら、それは行動に移した方がいい。

それは孤独な者が、
同じく寂しい思いを抱いている人に
聞いて応えてもらうために、
遥かの空へ響きを伝うべき歌である

――『イタリア紀行』より

人妻との愛欲を断つためか、あるいは幼い頃からの憧れがそうさせたのか、ワイマール国の宰相という立場を捨て、南へ、南へ。二年間にわたるイタリア遊学に旅立ったのは、ゲーテ三十七歳の晩夏であった。

初めて訪れたヴェネチアでゴンドラ乗りの歌声に惹かれたゲーテは、耳を澄ませつつ、その歌謡の魅力の正体を探ろうとする。

実は、ゴンドラ乗りの操《あやつ》る歌は岸辺に向けた言葉であり、陸地で歌を聞いた者たちはそれに応え、返答として新たな歌を送るのだという。つまり返歌であり連歌であるのが、ゴンドラの歌であった。

ゲーテは歌を掛け合うこの行為を「人間的だ」と記している。おそらくはゲーテもゴンドラ乗りに近い心境を抱えていたのだろう。一人旅をしたことがある人ならわかると思うが、どこまでも付いてくるのは整理できない自分自身と、茫漠とした寂しさである。ゲーテの場合は愛からの逃避行という旅路でもあったので、よりいっそう一人でいることが際立ったのかもしれない。

切ない恋をしている時は、ラブソングの歌詞がしみじみと感じられる。音符にすべて意味があるということもよくわかる。同様に、寂しさもその渦中にある人にとってはひとつのアンテナであり、他者のそれを微妙に感じ取る。

ネット上に氾濫《はんらん》するつぶやきもそうであろうか。文明によって生活がどう変わろうと、人間の中身にはなんの変化もなく、今も私たち一人一人が夜の水路に漂うゴンドラ乗りなのかもしれない。

形式は変わっていく。道具も進化する。そのたびに誰もが浮き足立つ。これからの時代を生き残るためになにをすべきかと。

だが、人間の本質はそう変わらないのではないか。だとすれば、答えはすべて胸の内側でたゆたう海、そこで揺れる一艘《いっそう》の舟に尋ねてみればいい。

舟は漂う。そしていつも寂しげな歌を送ってくる。どんな言葉を返してやるのか。それは個に徹するほど、普遍にもなり得る。

第一印象というものは、
たとい必ずしも真実ではないにしても、
それはそれとして貴重な価値のあるものである

――『イタリア紀行』より

ビジュアルの時代と言われて久しい。すべて第一印象で決まるようなイメージが世にははびこっており、顔を出す仕事の人でなくとも、みな口角を上げて微笑むのに必死の形相である。まあ、たしかに、男女を問わず、美しい者はきわめて得だ。見た目がすべて。

だが、もちろんこれは現代に限った現象ではない。美男美女は大昔から常に選ばれし存在だった。欧州に「目よりも耳を信じよ」という諺があるのは、いかに多くの人間が見栄えに惑わされてきたかを語っている。

ゲーテ自身、若い頃から秀麗の誉れ高い美男として名を馳せていた。醜男の気持ちはわからない。だからかもしれないが、目でだまされてしまう人間の弱さに対して、それもまあ、いいではないかと面白がっているような節がある。

私たちは普段、外部の情報の八割以上を目から受け取っているのだという。犬のように嗅覚が中心になったり、コウモリのように耳だけで夜間飛行をしたりということはできない。だからどうしてもぱっと見で印象は決まってしまう。残念。

ただし、対象により近付き、新たな感慨を得るたびに原稿を書き直したゲーテのやり方から学ぶなら、しょせんぱっと見はぱっと見だと割り切るべきだ。付き合えるかどうかはそこから先のこと。第一印象に貴重な価値があるのは、そのものの価値ではなく、そこが始点であるという意味に於いてだろう。

第一印象では損ばかりしている私のような者でもなんとか生きてこられたのは、人間の判断力がそもそも「その先、その奥」に本質を持つからだ。見かけだけですべてが決まるようなら、それは高等生物の生態ではない。

幸い、私たちは歳を経ていきながら成熟していく能力を持っている。どれだけ美しい若者であろうと、それを鼻にかけて生きていればうすっぺらな印象しか残さなくなる。長い目で見れば、問われるのはやはり考えの深さや生き方なのだ。ある程度の年齢になれば、内側が外側に取って代わるようになる。

第一印象の不思議はここにあり、歳をとってからもぱっと見には左右されるのだが、それは外側に滲み出てきた内側なのである。つまり、若い頃の見た目と、それなりの年齢になってからの見た目は、根を違えるものなのだ。ということを、見た目で苦労してきた身としてははっきり宣言しておきたいのである。

新しい国土の観察が思考的な人間にもたらす新生命は、
何物にも比較されない独自なものである

――『イタリア紀行』より

ゲーテはイタリア遊学中の二年間の多くをただ一人の「気にも留められぬ者」として過ごそうとした。すなわち偽名を使い、イタリア語を話し、周囲にはゲーテだとばれぬように努力した。二十代で発表した『若きウエルテルの悩み』がヒットしたことで、詩人ゲーテの名声は全ヨーロッパに響き渡っていたからだ。

ゲーテ本人が旅をしているとわかれば、瞬時に周囲の人々からの羨望と嫉妬、加えて質問の渦に巻き込まれるだろう。それをゲーテは望まなかった。ゲーテは観察される側ではなく、観察する側としてイタリアに身を置きたかったのだ。全身を目や耳にして、未体験の地の歴史と自然、芸術を「観て」「聴いて」回りたかった。宿屋の主人から貴族に至るまで誰とでも、時には自分を逮捕しようとする夜警とまで彼は言葉を交わし、その逐一の記録をとり、自分のなかの判断の材料とした。三十年近く後にようやく筆をとることになるこの旅の体験を、彼は言葉を受け取ることによって体系化していったのだ。

なにかを主張するためではなく、ただ観るために、ただ聴くためにあり続けるためには、無名というマントを羽織ることがもっとも有効だったのだろう。こちらの正体を知り、相手が身構えてしまえば、自然な言葉はもう望めないからだ。

ひるがえって現代の私たちはそこを誤解している節がある。なにかを取材したり、相手から情報を聞き出そうとする時、それを得ようとする者がまずちらつかせるのは力の一種だ。それは新聞社やテレビ局の名前であるかもしれないし、自分の言説がどれだけの影響力を持つかというひけらかしであるかもしれない。応じる側はそれでもなにかを言うだろうが、果たしてそれは人間の自然なところから出てきた言葉であるのかどうか。

とまれ、俺が俺がと主張しなければ世間から置いてきぼりをくらったような気にさえなるこの風潮のなかで、私たちは受け身に徹する謙虚さを失いつつある。それは、ものを観る目や聴く耳を退化させてしまうことなのかもしれない。三十年後にもなお突き動かされるような発見や自己熟成の経験を、今のやり方で得られるのだろうか。

ゲーテのコトバ42

万事は享楽というよりは骨折りであり、心労である。
私を内奥から改造する再生の働きは、絶えず私に作用している

——『イタリア紀行』より

外国語をひとつ自由に話せるようになればその人の人生はなにか少し変わるだろう。家や車のような所有物も、得る前と得たあとではなにかが変わるはずだ。恋人を得た男はどうだろう。彼にとっては世界が変わる。すなわち彼も変わる。ならば夢や希望、そして愛はどうだろう。具体的なものではないだけにそれぞれの解釈があろうが、本人がそれを得たと確信したなら、それこそもっとも大きな変化が起きるのではないか。

なにかを得るとは、そのことによって変わることなのだ。そしてそれは同時に、失うことでもある。失うことを拒めば、得ることもまたないだろう。

今日なにかを得るなら、昨日までの自分はそこにはいない。ところが私たちはそれに気付かず、記憶や手触り、自分の立ち位置をいつまでも保持しようとする。昨日なにかをして成功したなら、今日はもう同じ方法ではそれが得られないとわかっているのに、なぜかそこで思考は停止し、いつまでもそのやり方にこだわったりする。結果、失うのが恐くて沈んでいくのである。

国立ハンセン病資料館の長い廊下を歩いていて、手の自由を失いつつも陶芸家として生きた人たちの記録の前でしばし立ち尽くしていた。山のように積まれた陶器のかけら、そこには表示板があり、闘病を経た一人の陶芸家の言葉が刻まれていた。

「納得するものができあがるまで、作っては壊す。作っては壊す。これしかないのです」

再生とは破壊であり、失う痛みであり、堪え難い忘却でもある。

だが、変わろうとするその先のイメージには、私たちに活力を与える速度が内包されている。伝統ですら、実はこうして日々生まれ変わっている。

再生を必要とする季節に差しかかったと思うのなら、なにを得るかということと同じだけ、なにを捨てるかということも考えた方がいいだろう。いちいち意識せずとも、空気を吐き切ればまた新しい空気が肺に満ちる。捨てること、失うことで、新しい日々は自然と始まる。

原理は常に同一であるが、
その原理を実行するには一生を要する

——『イタリア紀行』より

旅先のポンペイから故国ワイマールへ送った手紙で、ゲーテはこう記している。

「自分は余生を観察に捧げるべきではないだろうか。もしそうすれば人智の増進に資するような多くのことを発見できるかもしれない」

自ら切り拓いてきた植物学に関して、ここからすべてを捧げるべきかどうかと迷いの言葉を発したのだ。これは同時に、かつてゲーテの精神的支柱となってくれた人妻への伝言でもあった。これほどの天才にして、よほど答えを欲していたのだろう。

なにかを思い、なすことは、その大小を問わなければ誰にでも可能だ。しかし、それを本当になし切るためには一生が必要なのだとゲーテは看破していた。たかが数年の営為、ましてや数日で結果が出ることなど、ゲーテにとっては仕事や創作の範疇に入らなかったに違いない。

ただ、だからといって日々のよしなしごとを軽んじたわけではない。むしろ逆だ。

イタリア滞在中の積もり積もった記録、それはおもに故国へ向けて書いた手紙の束だった。彼はそこから記憶を起こし、三十年後に『イタリア紀行』をまとめた。また、詩の一篇ずつを、こちらもまた三十年間編み込むことによって『ファウスト』を著した。一生、と大上段な言葉を使う彼の努力は毎日の陰陽のなかにこそあった。

今日。それが人生の正体である。原理とはこのことだ。ひとつひとつのセル（細胞）から草木がなり、やがては大木となるように、ゲーテが観察を続けた自然界の森羅万象は、すべて小さなものを単位として成り立っている。この星も、この宇宙も、この時間も、みな極小のものの積み重ねなのだ。その原理は常に同じだと彼は言っている。

一生、などと言われると肩が凝って一杯呑みたくなるのだが、しかし、今浮いていようが沈んでいようがそんなことは関係ない、一喜一憂するなと励まされているような気もする。すぐに結果を求めようとする世間の風潮に飲み込まれることなく、今日をじっくり生きることだ。それができたかどうかは、誰でもない、自分の胸がわかっている。

ゲーテのコトバ 44

われわれ近代人はどうしてこんなに気が散り、
到達することも実行することもできない要求に
刺戟されるのであろう！

――『イタリア紀行』より

他者に向けてではなく、ゲーテが自分自身に腹を立てて記した言葉だ。

旅先のシチリアの朝。彼は今日こそ文学に時間を費やそうと決意する。しかし散策に出かけると、珍奇な植物ばかりが目につき、いったい植物の原型とはなになのかとしきりに考えるようになる。文学は消し飛んだ。おのれはなんと抑制のきかない人間なのかとそこでこの天才も悩む。自身を罵倒する。

並外れた好奇心を持つからこそ、ひとつのことに集中するのが難しい。知への絶えざる欲望という長所があったからこそゲーテは多大なる視点と言葉を残せたが、それがために本人は苦しんだ。長所とは、見方を変えれば短所なのである。

ところでゲーテのこの嘆きは、職業柄ＰＣに向かう人たちからも最近さんざん聞かされる言葉に似ている。

集中力がなくなったとみんな言う。

わかるなあ、それ。

原稿を書いている最中でも、クリックひとつでネットへ飛び、調べものをすることができる。それだけならまだ良いのだが、調べものをしているうち、ネットサーフィンが始まってしまう。アルチュール・ランボーの詩の一節について調べるつもりでアクセスしたサイトで、ついついパリ・コミューンの歴史に入り込んでしまう。そういえば、正月明けのホテルの値段はどうだったのだろうとフランスの情報サイトに飛んでいく。すると画面はヨーロッパを襲った大寒波、イタリアまでの雪景色である。わーっと思いながらその動画を見ているうち、今度は関連ニュースとして取り上げられているイギリス北部の大嵐の模様が気になる。ワンクリックでそちらの動画に飛ぶ。ついでにアメリカの竜巻ハンターのドキュメントなども見始めてしまい、気付けば数時間が過ぎている。おかしい、原稿を書いていたはずなのに……。ああ、なぜ、今日も世界を旅してしまったのか？　これは誰の吐露でもなく、私が一日をだめにしてしまう典型的なパターンだ。

ゲーテがこの時代に生きていたらどうだったろう？　植物を見ただけで決心が吹き飛ぶほど、好奇心に揺り動かされる人物だ。ＰＣに触れればおそらくは数年、ネットに翻弄される日々が続くはずだ。そしてある日、深い溜め息とともに、原稿を書く時はラインを切るという荒技に出るのである。

人間の想像力というものは、対象を顕著なものとして表象しようとする時には、幅よりも高さの方を重視して、その筆法で対象の姿になお一層の性格、厳粛、価値を付与する

――『イタリア紀行』より

詩人が書き留めた風景を現実に見てみると期待したほどでもない。だから詩は虚構なのだという者に対し、ゲーテが発した言葉である。ここで幅だ、高さだと言っているのは、この討論の対象がイタリアのある地方の海岸線、その断崖の描写を巡ってのものだったからだが、イメージとはなにかという抽象的な意味合いも充分に感じさせ、面白い。

宮沢賢治の『春と修羅』の序文から抜くなら、詩的なイメージとはつまり、詩人の胸のなかで繰り広げられる心象風景である。それは個々の内側による対象の再構築であり、デフォルメの力だ。あくまでも現実と見比べたいのなら、その文章は詩人によって紡がれたものではなく、ジャーナリストが記したものを頼るべきであろう。とはいえ、ジャーナリストもまた一人の詩人だ。彼の目と思考の角度を通して書かれる以上、正確な意味で現実と一致する筆記など存在しない。

心象風景は、誰の胸のなかにもある。そして人は現実の風景ではなく、こちらの世界のなかで生きている。そのことを前向きに捉え直せば、生活や仕事はずいぶんとユニークになっていくはずだ。

たとえば語学の習得。Intellect＝知性と日本語に引き戻す形で覚えても英語は上達しない。アルファベットを使った日本語を新たに覚えているに過ぎないからだ。Intellect と書き、この文字でアインシュタインの顔を思い浮かべるようにする。すると文字がイメージ化され、いちいち日本語を介在させなくても英語対英語ですらっと出てくるようになる。イメージにはそれだけの力がある。そしてそれを喚起させる文字にも同等の力がある。

私の筆名である明川の「明」は、太陽と月からなる象形文字だ。川はもちろん水の流れである。ここから生まれるイメージを動的に捉える。原野の向こうから昇り、また落ちていく太陽。代わって顔を出す月。皓皓《こうこう》と夜の水面を照らしながら、月もまた移動していく。そして夜明けがくる。流れる川面に暁光が映る。

このいきいきとしたイメージこそが名前の持つ力だ。あなたの名前の本当の姿はどうですか？

詩人の力、イメージの力を日々の生活に取り込んでいく。ライフデザインの道具で、これほど頼りになるものはない。

第6章

悠々として急げ

私はなおこれから見たいと思うものの全体の表を、
今つくっているところだ

――『イタリア紀行』より

やはりゲーテもそうだったのだ。行動の前の表作り。リストマニアである。

多岐にわたる仕事をこなせる者は、全体を俯瞰で見られる能力を持っている。時間と空間双方の座標軸を感じられるからこそ、今日一日、自分がなにをなすべきかについてリストアップできるし、それを行動に移せる。

ゲーテはナポリでこの言葉を残した後《あと》、「時間の短いことは既定の事実である」と付け加えている。たしかに人生は短い。日々は一瞬だ。そんなの当然だろう、というわけだ。

だからこそその俯瞰、全体の把握である。とにかくやりたいことをリストアップして自身の人生をデザインせよ、決してデザインされるな、迷っている場合じゃないよ、という檄《げき》である。

私の場合は、その年にやりたいことと毎月の仕事の目安、及び一日になすべきことがたいていリストアップされる。あくまでも「べき」なので、その通りに進むこともあれば進まないこともあるのだが、あまりそこで自分を責めたりはしない。できなかったじゃないかと悔いているぐらいなら、友人と楽しい酒を呑んでいる方がいい。行動リストのなかに「後悔」だの「反省」だのはないのである。それでも表作りをしないで暮らしていた頃よりは、少しは生産的だと思う。リストを作る段階で、頭のなかが一度整理されるからだ。

　また、リストが効果を発揮するのは仕事ばかりではない。私はけっこうな量の酒を呑むので、食べ物には気をつかっている。たとえば毎週食べる野菜のリストだ。週末までブロッコリーに出会わなければ、なにがなんでもそれをつまみに呑む。しょうが、ネギの類は毎日。パプリカやニンジンなど、色彩あざやかなものも必須だ。こういう習慣がついてから、不健康を楽しめるほどの健康である。

「今月覚える方言リスト」「今年中に訪ねてみたいバーのリスト」「歌ってみたい世界のポップスリスト」「行ってみたい世界遺産リスト」「感謝しているのでなにか贈り物をしたい人リスト」……それぞれの生活を豊饒《ほうじょう》にするための表作り。リストを作っている時が、実は一番楽しかったりするのだが、ゲーテは表に書き出した場所をすべて訪れることができたのだろうか。

ゲーテのコトバ 47

美しい人間は至る所にいるが、ふかい感情をもち、
そのうえ恵まれた発声器官をもっている人は、遥かに稀だ

――『イタリア紀行』より

声の良さはひとつの魅力だが、もっと大事なことは、よそ行きの唇でしゃべっていないかどうか、つまり心と言葉がつながっているかどうかだと思う。

ニョーヨークで、日本の外交関係者のスピーチを聞いたことがある。外務省の税金の無駄遣いが問題になり、トカゲの尻尾切りのようにえらい人のクビがとんだあとだった。そういう事情があって新しく赴任された方だった。当然、アメリカの行政府からも多数の客が来ていた。ところがこの人は用意された原稿、それもジョークひとつないものを自信なさげに延々と棒読みしただけであった。

正直、下を向いてしまった。いやな汗が出た。周囲の空気が手に取るようにわかったからだ。彼はその場に立つことを何日も前から知らされていたはずだ。なのに、あれはいったいどういうことだったのだろうか。失敗を恐れ、無難に収めようとしたのかな。好意的に解釈しようともしたが、こういう人が日本の代表として出て行っているのかという驚きの方が勝った。

その驚きはまた、APECの対談でも繰り返された。中国のトップを迎えた際、私たちの国の首相はメモから目を離さなかった。両国間に難しい問題がある今だからこそ、言葉を交わす時は相手をきちんと見てもらいたかった。それとも日本の首相はフリートークを禁じられているのだろうか。おかしい。なにかがおかしい。

言葉とは本来、その人自身のことなのだ。同時にそれは発せられれば、相手への贈り物となり、御馳走にもなる。薬であり、そして時には武器にもなり得る変幻自在の力だ。人は言葉を得たことで、ようやく人の心を持てたとも言える。この力を軽く見ない方がいい。

たしかに深い感情を持ち、それを豊かな声で表現できる人は稀《まれ》であろう。でも、だからなんだというのだ、ゲーテ。私たちにとってはそれよりも遥か以前の問題として、自らの心で語ろうとする人が減りつつある。

言葉なんてと軽んじる人は、言葉なんてと軽んじる程度の人生を歩むようになる。言葉なんてと軽んじる国は、言葉なんてと軽んじる程度の国運を辿り始める。

総じて各人は、自己を他のすべての人間の補足として考えるべき

――『イタリア紀行』より

イタリアを彷徨しながら、ゲーテは自分の旅の特質について考えた。ゲーテ以外にもイタリアを旅した者はもちろんいる。著名な建築家など、他の人たちは表象的な観察を中心に旅行記を書いた。だから自分はそちらを目指さなかった、自身とイタリア人の内面に目を向けてきたのだと彼はその筆記を分析する。さらにゲーテは付け加える。当然、自分の旅行記にも穴はあるだろう。それをきっとまた誰かが受け継ぐ。

ゲーテの根底にあるのは、人はみな違うもので、それぞれの仕事にはそれぞれの形があり、他者はそれをフォローしていくのだという考えであった。怠慢ならばともかく、結果としての仕事の差異を彼は罵倒しない。それはむしろ観察に値するのである。

だから、全体としてこうあらねばならないといった言い方は避けたし、集団を平板に均《なら》せとも言わない。人の感じ方や表出には違いがあるからこそ、他の人の立ち位置もあるという感性だ。

こういう表現がけしからん。同性愛者がテレビに出るのはくだらない。権力によってなきものにしてしまえ。というのは、やはり自分自身の欲求だけで動いている人の言葉であり、才があるようでいて実は不憫《ふびん》である。

人間存在の根本に迫ろうとし、古今東西の芸術を生涯にわたって吸収し続けたゲーテの結論は、人という不完全な生き物を許すことと、自分もまたその一人として文明を継ぐことであった。

彼はその視点に立ったからこそ、バトンを手渡す人にもなり得た。生存する人間の形こそは失ってしまったが、まだ生きていて、私たちに多くを語りかけてくる。それは、受け継ぐ者としての意志が無尽にみなぎっていたからだ。

人間社会全体をひとつの舞台と考えた時、私たちの役割はどういうものなのだろうか？　足りないものはなになのか？　受け継ぐべきものはなになのか？

アメリカ原住民の多くは、部族でなにかを取り決める際、その決定が七代先にまで及ぼす影響を話し合ったという。大地や環境は、偶然今ここで息をしている私たちだけのものではないのだ。ゲーテの考えと行為は、彼らのこの魂に通じるものがある。

ゲーテのコトバ 49

完全は天ののっとるところ、
完全なものを望むのは、
人ののっとるところ

——『ゲーテ格言集』より

完璧屋にはなるな、とよく言われる。できたことに充足するより、できなかったことに悲嘆する人生を送りがちになるからだ。しかもそのことで、他者さえも攻撃しだす。他人の家のテレビでも、その上にうっすら埃がたまっていると我慢できないタイプ。

往々にして芸術家は完璧屋が多いので、我慢できないことは我慢ができない。それは仕方のないことだ。したがって芸術家は一人で暮らすのがいい。それが、天がのっとったところの完全なる運命、その人らしい生き方だ。

雀一羽に天の采配のすべてがあるのと同じで、あらゆる生き物は完全なものとして生まれてくる。人もしかり。私たちはそれぞれの人生を歩むための完全体として最初からすべてが与えられている。もちろん、生きていく上で気付きや努力も必要ではあろうが、その試練は、私たちが、私たち以外の誰かになるためにあるものではない。

ところが、理屈ではわかっていても、感情が邪魔をしてしまうのが私たちの弱さだ。どんな分野であれ、活躍している人は輝いて見える。そうした人は富や名声を手に入れているることも多く、いかにもこの生を充実させている。若い人たちはもちろん憧れる。ローリング・ストーンズのようになりたい。イチローのようになりたい。ハルキ・ムラカミのようになりたい。そうした気持ちからその道を歩み始める。だが、ハルキ・ムラカミは世の中に一人で充分なので、追跡者はいつか自分自身のやり方に目覚めなければならない。その必要性を感じた時に振り返ってよく見つめなければならないのが、自分はなにを与えられているかということだ。ハルキ・ムラカミとの間にどれだけの距離があり、近付くためにはどれだけの努力をしなければいけないのか、などということはどうでもいいのだ。与えられているものを見つめ直すべき。これだけだ。

収入、学歴、名声、寿命。横並びの比較から人はみな不幸になっていく。世俗的な意味での完全を望み、人にはあるが自分にはないものを挙げて焦りを増していく。十一色のクレヨンを持っている子が、たった一色のクレヨンがないことを嘆き哀しみ、絵を描くことを諦めるかのように。

あなたがあなたの人生に於いて完全であることは、路傍の雀だって知っているのに。

一切の理論は灰いろで、
緑なのは生活の黄金の木だ

――『ゲーテ格言集』より

生きることの意味を考える時、人は理想を掲げがちになる。世の中の役に立ちたい。歴史に名を残したい。自分にしかできない仕事を成し遂げたい。その一方で、意味なんてない、ただの暇つぶしさ、金を稼げてなんぼのものでしょうと、人生への問いかけそのものを否定する人もいる。

もちろん見解はそれぞれの自由だ。快楽のみを追求という人生があってもいいし、やり切れるなら、それはそれであっぱれである。だが、どんな人生を過ごそうと、誰もが避け切れないものがひとつだけある。

それは日々の生活というものだ。

これをないがしろにしたり蔑《さげず》んだりすれば、本人は遅かれ早かれ虚無を味わうことになる。だからゲーテは、「生活を信ぜよ！　それは演説や書物より、よりよく教えてくれる」とも記した。生きることへの理想はあっても、その基盤は地に足の着いた生活のことなのだと繰り返し彼は説く。

毎日の些事《さじ》。食、通勤、靴の感触、人との付き合い、言葉、オフィスから見える空、家族のために買うもの、乾杯。そうしたことのひとつひとつに鮮やかさを感じられるなら、人生はなにかのためにある道ではなく、すでにそれ自体が黄金であり、辿り着いているのだ。

歳をとると、着るものはどうでもいい、食べるものもどうでもいい、という人が増えてくる。だが、若き日々ではないからこそ、私は衣食住に一点の輝きを持つべきだと思っている。帽子でもいい。ネクタイでもいい。下着でもいい。自分の思うところを一点おしゃれにすべきだ。食べ物も大事。贅沢ができる時代ではないことはわかっているが、それでも一日に一食は好きなものを食べ、好きなものを飲めばいい。住に関してはもっと厳しい環境下だが、たとえアパート暮らしでも、家から駅までの通勤路で短い詩をひとつ考えるといった習慣をつけるだけで、街の細部が鮮やかに見えてくることがある。私はある小説誌で詩の連載をやっているが、その作品の多くはこうして生まれてきたものだ。これらはすべて祝祭のためにある。

では、なぜそうやって一日を祝うのか。それは、素晴らしい一日は遠くにあるのではなく、今日のことだからだ。

ゲーテのコトバ 51

頭をおこしていよう。
まだものを産み出すことのできる限り、
諦めはしないだろうよ

——『ゲーテとの対話』より

ゲーテは宰相として、また劇場監督としてワイマール公国の政務にあたる時期があった。芸術家ゲーテのパトロンであり、また生涯にわたって親しくしてきたその王妃が亡くなったという知らせに、八十歳の老ゲーテはワインで哀しみを抑えつつ、この言葉を語った。「生きている限り」と枕をつけて。

あらゆるものに光と影がある。創作はゲーテにとって、生きる上でのまばゆい場であるとともに、まったく同じ時間がもたらす影からの逃げ場でもあった。弟子のエッカーマンは、「あそこにあなたを慰めてくれるものがあります」といって、原稿用紙を指さすのである。

さて、私たちの国の運命。歴史的な大地震と津波を一度に被ってしまった。そしてあの原発事故。今後押し寄せてくるに違いないさらなる不況と相まって、時代はいよいよ厳しくなっていきそうだ。

しかし、ただ手をこまねいて見ているという選択肢は私たちにはない。なかったことにはならないし、忘れたふりもできない。どんな方法であれ、それぞれのやり方で立ち向かうしかない。ここはまさにゲーテの言う通りだ。生きている限り、諦めることはない。この時代を乗り越えることは、誰にとってもひとつの節目になる。それがたとえ、哀しみとともに生きていくという静かな決意だとしても、頭をおこした上での判断であれば、固有の、確たる生だ。

辛苦を乗り越えようとする時にもっとも有効な方法は、なにごとにつけ没頭することだと私は思っている。頭をおこして、頭を没せしめる。ある意味でそれは前向きな逃避であり、時と力の純化である。起きてしまったことを解決する方法はない。ただひたすら前へ進んで行き、新たな領域に入る。そのことをもって、乗り越えると言う。蘇生するとも言う。

頭をおこしていようと語ったゲーテはこの年、六十も歳下の若い女性に恋をし、詩を書き、挙げ句の果てにふられている。そうした行為に恥辱を感じたかどうかはわからないが、この無謀なまでの前進主義がゲーテのひとつの特性だ。

そう。諸刃《もろは》の剣には違いないが、恋する心もいい。生きものを前に向かわせる。立ち上がる力を与えてくれる。

現在というものに一切を賭けたのだ

――『ゲーテとの対話』より

不安な時代だ。アメリカもヨーロッパもこの先が見えない。私たちの国の復興は進んでいる印象に乏しく、エネルギーの問題も今後の方向性が示されないままだ。近隣諸国ともトラブル続きで、売り言葉に買い言葉、外に対して威圧的な方向に走ろうとする世論が双方ともに目立つようになってきた。知り合いの高齢者が「どこか戦前に似てきた」と漏らしたが、あながち間違いではないだろう。こうなってくると、それぞれの生き方も否応なしに影響を受ける。私のようにフリーで仕事をしている者は、立ち位置以前に経済の問題がある。この先をどう捉えていくか。どんな仕事をすべきか？　ひょっとしたらこのまま滅んでしまうのだろうか？

眠れない夜がある。悶々としたまま時は過ぎていく。仕方がないことだとは思う。だが、人生の正体は時間なのだから、未来への不安で押しつぶされそうになったり、過去のある時代を嘆いてここにある一秒を忘れてしまうことは、できるならば避けたいと思う。時間は「今」の連続でしかない。未来や過去は脳のなかにはあっても、手で触ることはできない。

あくまでもイメージだが、眠れない夜、私は土に戻ることにした。滅ぶのが恐ければ、それを恐いと思っている自分を一度滅ぼしてしまうのだ。私は大地になり、草を生やし、虫や小鳥たちを遊ばせる。形すらないのだから、苦悩は消えた。なんだ、こんなことかと思う。月光は私を仄かに輝かせ、霧のような安寧を降らせる。そこでようやく私は眠りにつける。そして朝、私は生まれる。一日を生き抜く新しい命として。

たった一日の人生がそこで始まる。夜、私はまた土に戻るので、懊悩に浸っている暇はない。むろんそれがないわけではないが、苦悩は思いのほか時間を食う。時間の側面から見れば、悩むというのは贅沢の一種なのだ。そう自分に言い聞かせ、せめてなにかひとつ生み出して今日を生きようと思う。ならば、必要なものは集中力だ。現在という時間をどう深く味わうか。そこにかかっている。

ずいぶん一本気な感じもするが、そんな立派なものではない。あくまでも心を安定させるためのイメージなのだ。それで多少、色合いは変わってきたような気もする。

詩人の感性とは、現在と結び合うことなのだとゲーテは説いた。その感覚が救うのは詩人だけではないだろう。あらゆる人々が今、「今」を生きることによって不安を遠ざけることができるのではないか。

ゲーテのコトバ 53

七十五年の生涯で、
一月でもほんとうに愉快な気持ちで
過ごした時などなかった

——『ゲーテとの対話』より

今なお人を育む箴言の森を残した詩人が、人生を振り返り、弟子のエッカーマンにこう愚痴った。ことのほか幸運に恵まれた人間だとほめそやされてきたが、と世間の無理解を恨むような前振りまで付けて。

ゲーテの弱音。あるいは未練であろうか。歴史に名を残した稀有《けう》な存在がこれである。どうりでこちらの日々も一筋縄ではいかないはずだ。

自分の本当の幸福は、詩的な瞑想と詩作にあったと彼はついでにこぼしている。外面的な地位のお陰で人生が掻き回されたと。つまりゲーテにとってその人生は思うようには進まなかった日々なのであり、ある意味で未完だったのである。

なんだかんだと人の在り方を説いているわりに、モンスターなみの強い欲を宿した人だったのだと思う。その理想もまたモンブランなみに高かった。

彼個人としては、やり足りなかったのだ。『若きウエルテルの悩み』や『ファウスト』でヨーロッパの全視線を集めておきながら、もっともっとと駄々をこねている。だから無駄にしてきたと思われる時間が苦くて仕方ない。

未完の人生への思いもあろう。最後の最後まで走り抜けようとしているから、なにをしたところで未完になる。もうそろそろ引退してもいい年齢だ、などとゲーテは間違っても言わなかった。引き際をわきまえるだの、後進に譲るだのといった潔い言葉もなかった。ゲーテのように長生きはできなかったが、夏目漱石しかり、宮沢賢治しかりだ。表現者として強烈な痕跡を残した人間は、みな未完で果てた印象がある。作品も人生もまとめようとはしていない。

未完に終わる人生。ピリオドがつかない人生。けじめがついていないようでもあるが、それもまた良いのではないか。これらの人々はみな、境界の向こう側まで突き抜けようとする加速度があった。終わらなかったからこそ、今に至るまでの力を放っている。隠居や引退という言葉で丸くなる時間など、人生には一秒だってないと言うかのように。

しかしそれにしても、ゲーテの愚痴は愛おしい。ああ、あの人ですらこうだったのだと思うだけで、少しだけ肩が軽くなる。

二つのことが肝要だ。
第一に、頭のいいこと、
第二に、大きな遺産をうけつぐことだ

——『ゲーテとの対話』より

この世に於いて画期的なことをするための条件とはなにかと前振りをし、ゲーテはこれらふたつを挙げた。まずは頭。納得だが、これは時々まったく起動しなくなる自前の廉価版を叩いたりさすったりして使っていくしかないので、聞かなかったことにしよう。

問題はふたつ目。遺産である。いや、ちょっと待って下さいよ。これもどうにもなりません。親が親なもので、実家に戻ったところで田畑ひとつあるわけじゃなくて。となる人の方が圧倒的に多いだろう。だが、早とちりしてはいけない。ゲーテは遺産の例をこう語っている。ナポレオンはフランス革命を、フリードリヒ大王はシュレジエン戦役を、ルターは教会の暗愚を継いだと。

なんだ、すべて修羅場ではないか。苦労の底なし沼に飛び込むようなものだ。ゲーテはしかし、だからこそ意味があると言った。逃げ出したくなる状況があれば、それを君が背負え。金品や土地を継ぐよりも、はるかに大きな仕事をすることになる。

なるほど。

誰もが尻込みをしそうな負の遺産だからこそ価値があるのだ。いつかは誰かが先頭に立ち、そのやっかいな状況を改めていかなければならない。更地に直し、次の時代に送り届ける。それが丸々自分の仕事になるのだ。

この思考法こそを受け継げば、今、私たちの国はまさに大きな遺産だらけだ。震災、原発問題、構造的不況、外交的閉塞。これを継ぐということは、現状とは対極をなす場所に向け、おのれが旗を揚げ、歩いていくことを意味する。すなわちそれは復興であり、エネルギー転換であり、構造的活況、外交の安定である。

いや、こうなると話が大きくなり過ぎるかな。ナポレオンはたしかに修羅場に乗じたかもしれないが、その分だけ人を殺している。たとえそこに社会的正義が謳われようと、人を圧するようなことはしたくない。自分一人だけでもなんとか生きていければ、というのが多くの人の胸のうちではないか。

でも、やっかいだと感じる場があったら自分が背負えというゲーテのこの考えは、個人の生活のなかでもずいぶん有効なのではないだろうか。内外に負の遺産を抱えた人は、そのことでくじけてはいけない。負があればこそ、その人にとっての正が見えてくる。そこに道ができる。

第7章

千年を生きる

どんなに大きな現象であっても、
いつも小っぽけなもののなかに再現されるのだ

——『ゲーテとの対話』より

ゲーテには『色彩論』という著書がある。光と色の関係を追求することは、彼が生涯を賭けたテーマのひとつであった。弟子のエッカーマンにも、空がなぜ青く見えるのかということを、ろうそくの炎を使った実験で見せている。そしてこのように語った。どんなに大きなものも、目の前の小さな現象のなかにその原理が現われる。これが自然の偉大さであり、単純さでもあるのだと。

ゲーテの色彩学にはたぶんに誤解が含まれており、科学と言える領域までは到達しなかったのだが、この言葉に関する限り、ニュートリノの観測から宇宙の始まりを知ろうとする現代であっても、誤りはない。宇宙や自然の秘密は目に見えない極小世界にある。

私たちも、また私たちの生涯も自然の産物に違いないのだから、この法則からは逃れられない。一人の生涯は、一日というちっぽけな時間のなかにすでに再現されている。

ならばいっそのこと、生涯のことを忘れる日があってもいいのではないか。人生のことは敢えて語らない。生涯の規模でものを考えることも一切しないというのも、知恵ある人の生き方だ。この先のことを考えて腕組みするより、今日一日を生きる。これのみを方針とする。

では、具体的にどうすればいいのか。

生産的に生きようという人はそうして下さいな。ノルマを決めて邁進するという人もまっすぐイノシシのように突っ込んでいって欲しい。あるいはそうした立派なことからは離れ、空や風とともにのんびりしたいという人は、缶ビールをお供に川辺の散歩でも。

プラス、ここではもうひとつの知恵を。

あなたは生涯を終える時、微笑んでいたいですか？　それとも眉間にしわを寄せ、虚空を睨みつけていたいですか？

微笑みを選んだ人。それが生涯のゴールなら、迷うことなく今日出会う人に同じものを、つまり一生分の微笑みを差し上げる。それが照れくさいのなら、胸のなかで微笑みを向けるだけでいい。誰も見ていないので盛大に。わーっと。それだけで、一日の雰囲気が変わってくる。

加えて大事なことは、あなた自身に対しても一生分の微笑みを向けることだ。まじめな人に限って、放っておくと自分をいじめ始める。あなたの一日にはもっともっと喜びがあっていい。

ゲーテのコトバ56

現実というものは、それ自体では、
どんな意味があろう？

――『ゲーテとの対話』より

物語の作り方を若き書生に伝授しながら、ゲーテは言った。現実を並べてもそれ自体に意味はない。我々が惹かれるのは、現実をどう捉えるかによって始まる詩人の理想の方なのだと。

たしかにその通りで、あらゆる事象は転変していく形に過ぎない。いつ、どの角度から見るかによって位置づけも意味合いも変わってくるのだから、私たちが追体験しているのは現実ではなく、その作者の視線なのだ。

そもそも現実とは、あってなきようなものだ。

毎晩酒宴が続く。山海の珍味に銘酒の数々。日々酔えて楽しいな。アハハハ。それも現実ではあろうが、過ぎれば内臓が壊れる。おまけに依存症になったりして、仕事が手につかなくなる。それもまた現実である。

素晴らしく美しい女性を恋人にできた。心身ともに桃色の高揚に彩られる毎日。周囲に鼻が高い自分。それはうれしい現実だろうが、その裏側では、彼女の言いなりになり、行動を縛られるきつい現実も始まっている。

あるいはこのスリリングな高揚とは逆の例。性欲の衰えである。これは男の墓場のように言われがちだ。もうあんなこともこんなこともできない。ほんと、老けちまったな、オレ。なんという哀しい現実だろう。だが、その年齢から落ち着いて仕事に集中できるようになったという人は多い。盛りの季節は極彩色だが、その分惑わされる。余計なことに気を取られなくて済むのだから、欲の減退もあながち悪くない。というこれもまたひとつの現実。

かように現実は、立場と時によって姿形を変えていくものなのだ。ならば詩人ならずとも、目の前の難題に対し、角度を変えて何通りにも見られる柔軟さを養った方がいい。ゲーテが言う理想の始まりがきっとそこにある。それは絵に描いた餅のような理想ではなく、また理論や理屈の先にあるそれでもないだろう。人の体温がきちんと伝わってくる、人間が人間として生きていくための理想である。

あなたは今、どれだけの問題を抱えているだろうか。どんな現実に直面しているだろうか。ひょっとしたら、世間一般のものさしをそれにあてがい、世間一般の苦しみをモデルにして嘆いているところではないだろうか？

現実には意味がない。意味があるのは、あなたの受け取り方なのだ。すべての事象は、どの角度で見るかによって宝の山に変わっていく。

これもまたひとつの現実だ。

人を楽しませることができるのは、
その人が楽しいときだけだろう

――『ゲーテとの対話』より

私は昨年からフランス語を学びだしたのだが、通っている外国語学校にはひとつのルールがある。学校内では日本語を話してはいけない？　いや、よくあるそれではなくて、フランス人の女の先生から、日本語ではっきりとこう言われたのだ。

「フランス語は難しいと絶対に言わないで」

きょとんとしている学生たちを前に、先生はこうたたみかけた。

「難しいと言うことで、なにかが救われるならいくら言ってもいいです。でも、実際には言えば言うだけ、難しいという気持ちが溜まっていくの。いいですか。難しいと思ったらこれからは、フランス語は楽しいなと言って下さい」

その通りだ。現実を作っていくのは言葉なのだから、「難しいですね」とばかり言っている人は本当に困難に直面するようになる。できるなら、「困った」「弱った」「参った」の困惑三羽ガラスも含め、こうした言葉たちにはお引き取り願った方がいい。

私たちの国だけではなく、世界各地で問題が山積みだ。愚痴を言えばきりがない。困ったねと言いだしたが最後、その感情が連鎖的に陸地を覆っていくような気がする。ならば私たちの務めは困らないことだ。どんな状況がやってきても困らないこと。むしろ楽しもうとすること。

いや、それは無理でしょうという声も聞こえてきそうだ。遠い復興。原発の問題。いくらなんでもこの状況では、顔はほころびにくいと思う。しかし、被災を免れた者たちにはそれなりの義務がある。

ゲーテはものごとをどう捉えるかということに関し、それは唯一主観の問題だとした。「主観は、どんな現象の場合にも、思ったより重要なのだ」ということらしい。本人が乗り越えられると思えば、それは周囲にも伝播していく。

ここから先、本気で楽しむことは私たちに課せられた本当の義務かもしれない。誰かが楽しんで書いたものは全員の共通の財産になる。誰か一人の笑顔だって、街中を歩く人たちみんなのものになるのだ。

経済がどうであれ、楽しむと決めてみんなが笑えたら、その国は自らぬくもりを保てるのだし、敵を作らないのだから無敵だ。その気分を共有できたら、それがまたどこかへ伝播していく。

ゲーテのコトバ 58

ひとかどのものを作るためには、
自分もひとかどのものになることが必要だ

――『ゲーテとの対話』より

ひとかど。一廉と書く。他よりもすぐれた能力があるという意味で、たしかに秀逸なものの作り手は、どこかで凡俗の域を脱した才能の持ち主であろうと予測できる。

では、どんなふうにか。なにをもってゲーテは、ひとかどの人物を定義したのか？

ゲーテは説く。ダンテは偉大だと思われているが、数百年の文化を背負っている。ロスチャイルド家は富豪だけれども、一代で築いたわけではないと。つまり、自らの在り方にそれまでの永々とした歴史が受け継がれているかどうか、その意識を問うたのだ。

一回の人生で、もしなにもかもをゼロから始めなければいけないのであれば、私たちは永遠に水を温めることすらできないだろう。近い仲間であるお猿さんたちと変わらない。私たちの持った特質は、社会科の教科書に書いてあったような、道具を使うとか、二足歩行できるといったことではない。受け継ぐことができるということなのだ。だから私たちは進化した。失敗や悲劇をも含めて、時をかえりみる力があるからこそ、その先の実りを得られた。そのための歴史なのだ。すなわち歴史からなにも受け継がないのであれば、人間の特質を放棄したことになる。国家間の摩擦が生じるたびに戦争を起こそうとする者たちは、本当の意味で知恵がないのだ。

ともあれ、ひとかどの人物は、自分を今という最前線に押し出している膨大な時間と経験に頭を垂れ、常に学んでいる。自分をパイオニアなどとは思わず、先駆者たちへの礼儀と感謝がある。自分の感性がなどといちいち言わない。人類史の端っこにちょこんと座っているだけだと知っているのだから、自ずから謙虚になる。

私という概念から一度解放され、無意識に人類史を背負った時、その人の創造物は必ずひとかどのものになる。個性を越え、それは普遍となる。

歴史は学んだ方がいいし、読み継がれてきた詩や物語にも触れた方がいい。そんな暇はないという人もいるが、私たち一人一人はほんのわずかな時間しか生きられないのだから、かえってそうすべきだ。

自然は、けっして冗談というものを理解してくれない

――『ゲーテとの対話』より

自然はいつもまじめだ。秩序だっている。冬のあとにいきなり夏を持ってきて、「今年はちょっと冗談っぽいでしょ」なんて言わない。花より先に実をつける植物もなければ、カエルがオタマジャクシに戻ることもない。

自然はそのカオスの部分で稀《まれ》に予期せぬ災害を起こすこともあるが、長い目で見ればその原理に荒唐無稽や創作はない。地震や津波は周期的にやってくるものだ。自然界のサイクルに比べ、私たちの人生があまりに短かいため、その予測がたたないだけだ。

ゲーテは、「自然はつねに真実であり、つねにまじめであり、つねに厳しい」と語った。そして自然を理解し、それを崇敬する態度、自然のリズムを自らの呼吸と合わせることなどを「理性」と呼んだ。我々が知っている人間的な理性、カントが唱えたそれとどこか違うのである。

だが、先行きが見えず、なにを信じたらいいのかわからない時代は、このゲーテ流の理性がいい。葉が色づく瞬間を見た者は誰もいないように、自然はいつもゆっくりとことを起こす。そして絶え間なくやる。だから誰にも止められない。強烈な力となる。

仕事や勉強で、この自然のやり方を真似てみるのが、ゲーテ流の理性である。焦らずにゆっくりとやること。少しずつでもいいから毎日やること。岩をうがつ波のように、繰り返し繰り返しやること。失敗しても、試験でひどい点をとっても、自然はそのことに涙したりはしないのだから、落ち込まずに再びトライすればいい。毎日、焦らずに、繰り返し繰り返し。たとえばこれが語学であれば、こういう人が一番の実りを得る。自然とぴったり呼吸を合わせた者は本当に強い。

私たちは自然から生まれ、自然に統治され、再び自然に戻っていく存在である。当たり前の話だが、私たちもまた自然の一部なのだ。それなのに時々、自然を克服するとか、自然をコントロールするといった、身の程を知らない言葉を耳にすることがある。それが可能だと思っているのだろうか。

私たちにできることは、自然に寄り添いながら、これを後世に伝えていくことだ。もし仮に、なんらかの発明が自然を壊すことにつながるのであれば、私たちが生きていく場も失われる。それをみんなでもう一度確認しなければいけない時代にいると思う。

ゲーテのコトバ 60

どんな年齢にも、
その前後の年齢とくらべて
たしかに一長一短があるものだ

——『ゲーテとの対話』より

できることなら、寿命はまっとうすべきだと思う。周囲と比較をすれば、どんな一生であれ、明と暗がある。だからそこは問題にならない。問題になるのは、それぞれがそれぞれの生をやり遂げるかどうかだ。そこで思うのだが、私たちは最後に一瞬、花の香りを嗅ぐのではないか。なぜ生まれ、なぜ生きて、なぜ滅ぶのか。その問いかけに対する一輪の花の。

青臭いと言われそうだが、人間の一生がまずその青さあふれる季節から始まるのは、この真正面からの問いかけを種として蒔くためだ。また、歳をとっていくことの味わいは、忘れたふりのこの命題を時折引っ張りだし、自分なりの見当をつけていく道程にあるのだと思う。本当は誰だって、哲学の旅をしている。言葉にはならずとも、禅の世界を旅している。

若さはまばゆい。フォルムも美しい季節である。しかし、そればかりを尊重する社会はむごい。美しくない者が辛い思いをするという意味に於いてではない。若さしか好まない社会は、人間の魅力の半分をむざむざ捨てているに等しいからだ。

同じことで、病気や事故を免れ、せっかく年齢を重ねながらも、表面的な言葉のみにしか答えを見出せないのだとしたらそれも哀しい。老いることの素晴らしさを放棄し、ただ肉体のみが朽ちていくからだ。

我々が個を生きるのは、それぞれの問いかけに対し、それぞれの答えを得るためだ。花を咲かすとはそういう意味であって、名刺にたくさんの肩書きを並べるためではない。長塀に囲まれた豪邸で独居するためでもない。自分の言葉をもって、この人生を理解するためなのだ。

ただし、これはすぐにわかることではないと思う。四十代には四十代の、六十代には六十代の発見がある。少しずつ違って、少しずつ彩りを変えていく。そして生き抜いた時、自ずから花を見るのだろう。

他人の言葉が答えになるなら、その人は人生を得たことの真意を失っている。ゲーテはゲーテの日々を生きた。八十歳を過ぎても思考し続けた。少しずつ生きることの意味を変えながら、今なお続く香りを残した。

自然はかならず私に
別の生存の形式を与えてくれる筈だ

――『ゲーテとの対話』より

百年の人生も珍しくなくなったが、平均をとれば、八十年前後といったところか。神様が「もういいだろう」とささやくと、私たちは露や土になってしまう。ゲーテもその覚悟はできていたと思うが、召される三年前、七十九の年齢でこんなことを言っている。

「私が人生の終焉まで休むことなく活動して、私の精神が現在の生存の形式ではもはやもちこたえられない時には……」

ここからが万人に希望を与える、もしくは呆れ返させるこの掲出の言葉に続く。物理的な生存など眼中にないと言わんばかりの宣言。

たしかに、私は文字となったゲーテの言葉に触れ、いまだ失われない意識からアイデアや力をもらっている。形を変え、二百年の時を飛び越え、ゲーテはここに存する。

存在とはそういうもので、人間の形やその生存時間には縛られない。演奏中のピアニストはその音が響いている空間すべてが存在である。画家ならば、絵のなかにまだ魂は生きている。ゴッホの自画像には、まだ彼の怨念めいた寂しさが潜んでいて、こちらをじっと見ていた。

こんなことも考えられる。仮に私が肉体を失ったとして、その脳だけを科学技術が生かし続けたとする。特殊な溶液のなかに私の脳は浮かび、脳波をデジタル信号に変える機器を通じてコンピュータに意志を伝えている。すると、そこからネットを通じて、私の声はどこにでも現われる。それも存在なのだ。ゲーテも同じだ。世界中の図書館や書店に無数に散りながら、確たる存在として呼吸している。

創造とは受け継ぐことだと言ったのもゲーテだ。ギリシャ・ローマ時代からの人の心と知恵を彼は吸収しようとした。するといったいこの人は、何年生きたことになるのだろう。いや、まだ生き続けているし。

寿命で終わるなんて小さなことは考えず、私たちも限界面の向こう側まで泳ぎ続ける意欲を持った方がいい。ゲーテ流に、過去から未来まで千年を生きてみるのはいかがだろうか。

あなたの傾倒できる分野の古典に触れることである。過去の人たちの声に耳を傾けることだ。そして未来に向けて、あなたも声を放つ。

ゲーテのコトバ 62

私がとばす洒落の一つ一つにも、
財布一ぱいの金貨がかかっているのだ

――『ゲーテとの対話』より

アントニオ猪木さんが国会議員だった頃、自衛隊がPKO部隊として初めて国外に出ることになり、その是非を巡って世論はふたつに分かれた。国会も紛糾した。戦闘地帯に自衛隊を派遣するのであれば、憲法違反になる恐れがあったからだ。だったら、本当に内戦が終結しているかどうか、そもそもカンボジアはどんな状態なのか、実際に行って見てみようと猪木さんが言い始めた。私は猪木さんのラジオ番組の台本を書いていたこともあり、そのカンボジア視察に同行させていただいた。

なぜこんなにも虐殺を繰り返したのか、ポル・ポト派に会いに行って直接訊いてみようと言う猪木さんである。道なき道のまわりにはまだ白骨が山積みになっており、どこに地雷が埋まっているかわからない場所を私たちは進んだ。おのずと顔は強ばる。

そんな時に、猪木さんは洒落を連発するのである。そして、誰が笑って、誰が笑っていないかを一瞬にしてチェックしている。内戦の爪痕がおびただしく残る荒野のなかで、人を笑わせないと気がすまない猪木さんの性格というものに私は驚かされ、またすぐそばでその冗談を聞けることを至福だと感じた。

猪木さんは借りてきた言葉では話さない。レスラーとしてのこれまでの闘いや、貧しかった少年時代の思い出など、すべて自身の人生を通じ、自分の言葉で語られる。だから惹き付けられる。だからカンボジアも自身の目で確認しにいらした。

ゲーテの洒落がどんなものだったか。残念なことに記録が残っていないので、そのギャグのセンスについてはなんとも言えない。しかし、金貨がかかっているとはつまり、惜しみなく自身に投資し、経験を積んできたという意味であろう。ちょっとした冗談でも、それはやはり深く考え、感じ、錬磨しながら生きてきたゲーテ独特の日々によって蒸留され、紡がれた言葉なのだ。

とはいえ、いくら弟子のエッカーマンに対してであろうと、面と向かって自分の洒落の出どころをこんなふうに言い切るゲーテは扱いにくい。エッカーマンもさぞや困ったであろう。あるいはこの言葉自体が、ゲーテ流の洒落だったのだろうか。

どんなことが真理とか寓話とか言って、
数千巻の本に現われて来ようと、
愛がくさびの役をしなかったら、
それは皆バベルの塔に過ぎない

――『ゲーテ格言集』より

私は六甲山麓で育った。今でも実家は神戸市内にある。阪神大震災から二日後、私は神戸に戻り、飲料水のボトルをリュックに満載して歩いた。見渡す限りの建物が崩れていた。道はうねり、波打った路面のアスファルトがすべて飛び出していた。自販機は倒れ、ビルからは割れたガラスが降ってきた。訪ねた友人の家はみな崩れており、知り合いには誰にも会えないまま母校の小学校に辿り着いた。光景が想像を越えており、私は自分が背負っているものを忘れて咽《のど》を渇かせていた。避難所のテーブルの上に、使って下さいとリュックを置くと、被災者の方から逆に、「あんたこそ倒れるよ」とジュースを一本差し出された。

あの時ほど、日本国に住む人々の底力を感じたことはない。「私はおにぎりを持っています」と書いたハンカチを胸に提げて歩いていた人。元町の駅前では、崩れ落ちた中華料理屋の前で、コックさんたちが炊き出しをしていた。明日のことは誰もわからなかった。でも、大半の人は、他者があっての自身であることを理解しながら行動していたように思われた。人が、人に優しかった。

今回の大地震と津波による被害は、あの時の何倍もの広い範囲にわたる国難である。また、抑え切ることができなかった原発事故を通して、私たちが発展途上のエネルギーシステムにまるで綱渡りをするかのように乗っかっていることも露呈してしまった。復興には長い時間がかかるだろうし、どんな意識をもってこの国を将来につなげていくのかという問題を、根本から突きつけられたような気がする。

勝ち組負け組などという言葉が横行した傲慢《ごうまん》な日々もあったが、私たちは本来、どんな立場にいようと、人間として生きることを味わうためここにいるのではないか。

どうぞみなさん、この難局を乗り切るために心の力を。それぞれの場所で、それぞれの仕事で、それぞれの気持ちを発揮されんことを祈ります。いつかきっと、あれを乗り越えた国だものねと、私たち自身が言えるようになるために。

著者略歴

明川哲也 あきかわ てつや

作家・道化師。

1962年東京生まれ。早稲田大学第一文学部東洋哲学科卒業。

放送作家などを経て、90年ドリアン助川名で「叫ぶ詩人の会」を結成。

バンド活動を行う傍ら、数々の著作を発表する。99年バンド解散後に渡米。

2002年に帰国後は、明川哲也名義で小説や詩、エッセイを執筆する。

著書に『メキシコ人はなぜハゲないし、死なないのか』『大幸運食堂』『バカボンのパパと読む「老子」』『夕焼けポスト』など多数。

また、道化師ドリアン助川として、毎月全国のどこかでライブを行う。

カンヌ国際映画祭でも話題を集めた映画『朱花の月』にも出演。

公式サイト「道化師の唄」www.tetsuya-akikawa.com

本書は、月刊『GOETHE』2007年4月号〜2012年5月号の連載に大幅加筆しました。

GOETHE
Business Book

ゲーテビジネス新書
004

ゲーテのコトバ

二〇一二年四月二十五日　第一刷発行

著者——明川哲也
発行人——見城徹
編集人——舘野晴彦
発行所——株式会社幻冬舎
〒一五一-〇〇五一　東京都渋谷区千駄ヶ谷四-九-七
電話——〇三-五四一一-六二六九(編集)
〇三-五四一一-六二二二(営業)
振替——〇〇一二〇-八-七六七六四三
ブックデザイン——松山裕一(UDM)
印刷・製本所——図書印刷株式会社

GENTOSHA

検印廃止

Printed in Japan ISBN978-4-344-99204-7 C0295

幻冬舎ホームページアドレス
http://www.gentosha.co.jp/
*この本に関するご意見・ご感想をメールでお寄せいただく場合は、
comment@gentosha.co.jp まで。

ゲーテビジネス新書

なぜ「スマ婚」はヒットしたのか

悪しきブライダル業界の構造にメス！

石神賢介

従来の高すぎる日本の結婚式に疑問を呈し、余分なマージンと不透明料金の上乗せ営業を排除。〝結婚式費用約半額〟を実現させ、現在急成長を遂げるスマート婚「スマ婚」。ヒットの陰に既存のブライダル業界の怠慢や暴利をむさぼる悪しき構造があった。ついに今、業界の闇が暴かれる！

ゲーテビジネス新書

悔しかったら、歳を取れ！

わが反骨人生

野田一夫

孫正義氏も「師匠」と呼ぶ、この大学教授の最も嫌いな言葉は「和を以て貴しとなす」。大学改革を果敢に実践し、ピーター・ドラッカーを日本に紹介する一方、コンサル活動を通じてソニーや伊勢丹の成長に貢献し、若手経営者を支援する団体も設立。その精力的で破格な人生をくまなく明かす。